INVENTAIRE

Ye 25.79 1

Y

Dépôt légal . N° 5099 .

Par LeBoucher de Longis-Paris, d'après Barbier

Y p

25791

25787

NUMÉ 2013

5099

L'ANNEAU,

CONTE,

PAR L......... G......... ,

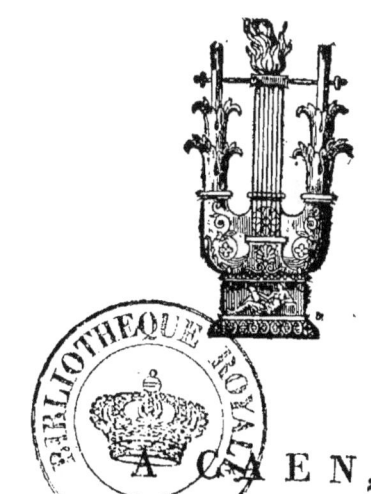

BIBLIOTHÈQUE ROYALE

A CAEN,

DE L'IMPRIMERIE DE F. POISSON, RUE FROIDE.

1821.

L'ANNEAU.

On rit de tout dans ce siècle pervers.
On ne rencontre plus qu'indévots, qu'incrédules ;
Miracles à leurs yeux, sont contes ridicules
    Dont l'imposture effraya l'Univers.
On rit de Satanas et de sa suite immonde,
Qui, bien que garottés au fin fond des enfers,
        N'en rôdent pas moins dans ce monde,
        Grillés, rôtis, chargés de fers,
    Courant la nuit en troupe vagabonde :
    Fagots, dit-on, forgés par charlatans,
    Qui ne font peur qu'aux vieilles, qu'aux enfans,
Et qu'à petits esprits d'ignorance profonde.
    C'est bientôt dit, Messieurs les mécréans ;
        Mais mon anneau va vous confondre ;
        De mon récit j'ai pour garans,
        Saints révérés, Moines savans :
A ces autorités qu'avez-vous à répondre ?

    Or, vous saurez qu'au temps d'un Empereur
        Nommé Henri, dit l'Oiseleur,
        Vivait un jeune personnage
Appelé Frédéric, prince de haut parage,
    Galant, aimable, et des belles fêté
        Plus qu'aucun prince de son âge.
        Jaloux d'avoir un rejeton,
        Qui, recueillant son héritage,

Perpétuât sa noblesse et son nom ,
Il lui fallut enfin songer au mariage :
Clotilde fut son fait , fille de grand renom ,
 Riche héritière et belle autant que sage.
 Il se présente ; il était beau diseur,
Bien fait de sa personne, et fils d'un grand seigneur :
 On plait souvent avec moins d'avantage.
Clotilde en le voyant , se sent battre le cœur :
A doux propos d'amour, fille a l'oreille fine ,
 Au premier mot elle devine,
 Où tend un compliment flatteur.
Frédéric préluda , mais d'une voix si tendre ,
 Que tout d'abord il se fit bien comprendre ,
Tant , qu'au front de la belle en monta la rougeur.
Elle jette aussitôt un coup d'œil à son père ,
 Dans l'embarras qu'éprouvait sa pudeur ;
 Pour le galant , c'était réponse claire ,
 De ce moment, certain de plaire ,
 Il s'occupa de hâter son bonheur.

Mariage de prince est toujours une affaire ,
 Qui rarement traîne en longueur ;
Tout fut bientôt réglé de bonne intelligence.
Famille réunie , on écrit, on fiance ;
 Enfin , pour la conclusion
Définitive , il n'est plus question
 Que de recevoir à l'église
 La sainte bénédiction.
 Le cas pressait , point de remise :
 Tout se dispose. Le Pasteur ,
 Qui tient toujours à grand honneur ,
 Mariage de grand seigneur ,
 Est averti par un message.

Tout le village est en rumeur.
On part en pompeux équipage ;
De parens et d'amis un cortège nombreux ,
Accompagne le couple heureux,
Qui voudrait déjà voir l'astre brillant du monde
Eteindre ses rayons au plus profond de l'Onde.

On arrive : à l'autel on conduit les époux ;
Après maints orémus, l'un et l'autre à genoux,
Sous un voile commun , suspendu sur leur tête,
A haute voix , déclarent consentir
En mariage de s'unir ,
Chacun promettant de tenir ,
Sans trahison aucune , à ce serment qu'il prête.
Après qu'il est béni , l'époux donne l'anneau ;
Anneau mystérieux , bien faible sentinelle
Contre péchés furtifs d'un époux infidèle.
En étendant la main, dans un latin nouveau ,
Le prêtre a dit : *Vos conjungo ;*
Ce mot, chacun sait ce qu'il signifie.
A l'instant un leste bédeau ,
Pour annoncer que la cérémonie ,
Selon les saints Canons , est complette et finie ,
De dessus les conjoints enlève le rideau ,
Et les découvre à toute l'assistance
Curieuse de voir leur air, leur contenance.
Frédéric radieux se redresse soudain;
Relève son épouse, en lui donnant la main.
Le plus frais incarnat l'embellit, la colore ,
Un doux sourire anime tous ses traits ;
Mais en montrant tous ses vœux satisfaits,
On devine aisément ce qu'elle espère encore.
L'acte sur le registre est bientôt consigné ,

Présenté tour-à-tour, le grimoire est signé.
Le pasteur, qui voudrait souvent semblable chance,
Reçoit en souriant magnifique cadeau.
    Tout se ressent de la munificence
Des deux époux, sonneurs, acolyte et bédeau.
    Après saluts et mainte révérence,
    Vite on reprend le chemin du hameau.
    Pendant la route, une bruyante joie
    En sons confus éclate et se déploie,
    Et fouets claquans, on arrive au château.
Complimens à l'époux, complimens à l'épouse :
Cercle de jeunes gens qui vantent à l'envi,
Ses grâces, sa beauté, le bonheur du mari ;
Mais sourires malins, quelques caquets aussi
    De vieille coquette jalouse.
    Le salon s'ouvre : un splendide festin,
A leur place assignée invite les convives.
Le galant à sa dame offre aussitôt la main,
Jetant sur ses appas des œillades furtives.
    On est assis : la gaieté, l'appétit
Attaquent tous les plats de la plus fine chère.
Le vin, versé de haut, bouillonne dans le verre.
En l'honneur des époux, on chante, on boit, on rit.
Enfin, Clotilde, avec un sourire agréable,
    Se lève et donne le signal ;
    Soudain, d'un mouvement égal,
Tout le monde est debout, et l'on quitte la table.

Tout semblait aux époux présager le bonheur :
Mais Satan était là, ce fourbe détestable,
    Qui les guettant, pour leur malheur,
    Leur préparait un tour abominable,

Comme bientôt on va le voir.
A mon récit tremblez, troupe impie, incrédule ;
Vous dont l'orgueilleuse férule
Voudrait frapper d'éternel ridicule,
Les terribles effets de l'infernal pouvoir.

Sortis de table, on rentre au salon d'assemblée.
Par les vapeurs du vin, la tête un peu troublée,
Chacun s'en va riant, parlant confusément,
Avec ce grossier enjouement
Qu'on nomme encore la courtoisie
De l'antique chevalerie.

Propos s'élève alors sur la danse et les jeux.
Près de Clotilde on se grouppe, on s'empresse.
Dans sa bouillante ardeur, une folle jeunesse
Brûle de se montrer, de briller à ses yeux.
Frédéric, de même âge, applaudit à leurs vœux ;
Avec transport partage leur ivresse.
Le jeu de balle est par lui proposé :
Il donne l'ordre et tout est disposé.
A ces jeunes rivaux, un tapis de verdure,
Qu'ornait de fleurs une riche ceinture ;
Pour leurs amusemens et leurs ébats joyeux,
Offrait un champ commode et spacieux,
Dont l'œil avec plaisir mesurait l'étendue.
En perspective, à son extrémité,
D'une Vénus s'élevait la statue,
Ouvrage d'un ciseau vanté,
Représentée assise et toute nue ;
Vers l'Amour, qui semblait sourire à son côté,
Elle avançait sa main tendue.

Le jeu va commencer ; à son poste assigné,
    Chaque joueur s'empresse de se rendre ;
    Mais Frédéric, le premier désigné,
        Quelques momens se fait attendre,
        Au doigt il portait un Anneau
    Dont le travail surpassait la richesse ;
    Mais à ses yeux, qui le fixent sans cesse,
        Il brillait d'un éclat nouveau ;
    C'était en tout l'exacte ressemblance
De l'Anneau qu'à Clotilde il venait de donner :
        Aurait-il pu se pardonner
        De le perdre par imprudence ?
        Il avait vu de la Vénus
        La main qui s'alonge et s'avance ;
    Il croit pouvoir à l'un des doigts tendus
        Mettre l'Anneau sans conséquence.
    Qui comme lui, dans cette circonstance,
    N'aurait pas cru l'y voir en sûreté ?
    Et cependant, aveugle confiance,
        Déplorable sécurité,
Dont le traître Satan a trop bien profité !
Pour raconter du chef de l'infernale engeance
        Cette horrible méchanceté,
    Ma plume tremble et j'en frémis d'avance.

Frédéric, arrivé d'un pas précipité,
        On se tait ; grand silence.
Le signal est donné, soudain le jeu commence :
    Raquette en main, les joueurs en présence,
        La balle part, elle fend l'air ;
    Dans un instant, plus prompte que l'éclair,
Aux joueurs opposés, qui tous d'un œil avide,

Suivaient ses mouvemens dans sa course rapide,
Elle arrive, s'abaisse et tombe en bondissant.
Le joueur, le plus près, y court en s'élançant;
  Et la frappant avec adresse,
  Il la renvoie, et lui fait parcourir
   L'espace, avec même vitesse
   Qu'elle avait mis à le franchir.
Mille fois on la voit aller et revenir,
  Toujours avec même adresse lancée,
Toujours avec vigueur, tour-à-tour repoussée.
  Avec transports spectateurs d'applaudir,
   De faire au loin l'air retentir
Des battemens de mains, des cris qu'ils font entendre.

Cependant du soleil, le char prêt à descendre
Dans l'humide palais de la blonde Thétis,
Commençait d'y plonger ses rayons amortis;
Ce moment aux joueurs commande la retraite.
   Les jeux aussitôt de cesser:
Aucun parti n'avait éprouvé de défaite,
  Et commençait d'ailleurs à se lasser;
  Des combattans, la troupe satisfaite
Tous d'un commun accord retournent au château.
Frédéric, seul, va, court reprendre son Anneau.
O prodige inouï! Le doigt de la statue
  S'est replié dans le creux de la main,
   Et l'Anneau ne s'offre à sa vue,
  Que renfermé dans un cercle d'airain
   Qui ne lui laisse aucune issue.
Frédéric effrayé, pour redresser le doigt,
   S'épuise en efforts inutiles;
Même loin de céder à ces essais stériles,

Le cercle semble encor se faire plus étroit.
      Frappé d'une terreur subite,
      Voyant qu'il tenterait envain
De relever le doigt de la fatale main,
Il quitte la statue et s'enfuit au plus vite,
Rejoint ses compagnons, sans laisser entrevoir
Dans son extérieur, le trouble qui l'agite,
Feint même une gaieté qu'il est bien loin d'avoir.

     S'ouvre un concert : le bal commence ;
      C'est lui qui doit ouvrir la danse
Avec sa jeune épouse. Il est à son côté ;
     En souriant, la main il lui présente,
Danse, marque ses pas avec l'agilité,
      La grâce et la légèreté
D'un danseur qu'aucun soin dans l'esprit ne tourmente ;
Mais ce calme apparent n'était que plus affreux.
Il voyait la statue ; elle était sous ses yeux,
     Qui le frappait du coup le plus sensible.
      » Qui l'aura replié ce doigt ?
      » Est-ce une puissance invisible ?
     « Dans quelle vue ? A quel dessein ? Pourquoi ?
» C'est un mystère où tout est incompréhensible.
     Il veut faire un nouvel effort :
    La nuit était aussi calme que sombre ;
     Il veut profiter de son ombre.
Suivi de son valet, secrètement il sort,
Sans toutefois lui faire aucune confidence.

Les voilà tous les deux, avançant en silence,
Auprès de la statue. O prodige nouveau !
Le doigt s'est relevé ; mais il n'a plus d'anneau !
Frédéric, immobile, à peine en croit sa vue.

Il s'est trompé !... C'est une autre statue !...
De plus près il la fixe, et voit avec terreur
Que c'est elle... la même... il recule d'horreur,
 Sans dire un mot. Son ame déchirée
 Retient encore sa douleur concentrée ;
Aux yeux de son valet, il craint de s'émouvoir,
Le moindre signe aurait trahi son désespoir.
Il revient au château ; calme par sa présence
Son épouse, déjà triste de son absence.
Mais il tremble. Comment pourra-t-il en ce jour
Lui payer le tribut qu'il doit à son amour ?
 Réflexion affreuse, épouvantable,
 Qui double encore le tourment qui l'accable.

Minuit sonne. Clotilde à l'instant lui sourit.
 Ce qu'elle attend, un coup-d'œil le lui dit.
  Cruel instant ! heure fatale !
Clotilde voit déjà la couche nuptiale
  S'ouvrir au gré de ses désirs,
  Lui promettre de doux plaisirs ;
 Mais Frédéric, à sa douleur en proie,
 Voit d'un autre œil ce terrible moment.
 Autour de lui tout respire la joie ;
  Lui tremble pour le dénouement.
Les heures du plaisir sont heures fugitives,
Trop vite avaient coulé pour les joyeux convives ;
Ils voient avec regret qu'il faut se retirer :
» Arrête, ô nuit, tes pas ! Pourquoi nous séparer,
» Se disent-ils ? Mais non : l'hymen est là qui veille,
 » Et dans ses bras appelle les époux.
« A la voix du plaisir que leur cœur se réveille,
  » Qu'ils soient heureux ! retirons-nous.

Vœux impuissans ! Un avenir funeste
De ce beau jour est tout ce qui leur reste.
Le deuil va succéder à des momens si doux.

Déjà le flambeau d'hyménée
S'allume dans la chambre aux époux destinee.
La porte s'ouvre aux pas de la pudeur.
Clotilde , que colore une aimable rougeur ,
Entre les yeux baissés , de roses couronnée.
Vainement Frédéric veut cacher sa frayeur.
Ses pas mal assurés , de son front la pâleur ,
Révèlent son secret et la fatale idée
Qui le poursuit et dont son âme est obsédée.
Qu'il tremble ! il ne sent pas encor tout son malheur
Toute l'horreur à son sort attachée.

Les flambeaux sont éteints. Clotilde s'est couchée.
Il ouvre le rideau , se couche à son côté ,
S'approche et veut... Grands dieux ! un fantôme invisible
Le saisit, s'interpose et le tient écarté.
Contre une force irrésistible,
Il lutte en vain : « de la fidélité,
» C'est à moi que tu dois , fourbe , ce premier gage ,
» Lui dit le fantôme irrité ,
» Je suis Vénus; crois-tu me faire outrage,
» Ingrat , avec impunité ?
» Vois cet Anneau. Comme époux il t'engage,
» Tu me dois ton cœur sans partage.

Pendant toute la nuit , ce fantôme obstiné,
Une main en avant , s'oppose
A chaque mouvement que tente ou se propose
Le pauvre époux abattu , consterné.

Mais , chose étrange et difficile à croire ,
Si le fait n'eût été consigné dans l'histoire ,
Clotilde, toute oreille, et qui ne dormait pas ,
Ne voit rien , n'entend rien de ces affreux débats.
Hélas! ce qu'elle pense , elle n'ose le dire.

    Mais on l'entend dans ses tendres désirs
    Pousser de longs et douloureux soupirs ;
Et le spectre malin de la railler, d'en rire.
Sans cesse harcelé par ce monstre abhorré ,
    De tant d'affronts , confus , désespéré ,
Frédéric prend soudain le parti de la fuite ;
Hors du lit , tout d'un saut, il s'élance au plus vite.

    » Tu fuis donc , infidèle époux ,
    » Lui crie alors le fantôme en courroux.
    » Crois-tu , parjure , après m'avoir trahie ,
» A mes yeux consommer en paix ta perfidie ?
» Tu l'espère en vain; attachée à tes pas ,
» A ta suite toujours tu me retrouveras.
» Invisible à tes yeux , ma fureur , ma vengeance
    » T'attesteront en tous lieux ma présence.

    L'Aube du jour apparaît et commence
    A blanchir la voûte des cieux.
De Clotilde à la fin , trop long-temps éveillée ,
Immobile à sa place , et d'attendre ennuyée ,
    Un doux sommeil avait fermé les yeux.
Frédéric accablé , feignant d'être malade ,
Descend , dit à ses gens qu'un tour de promenade
    Est nécessaire à sa santé ;
    Que d'un subit mal de tête , affecté ,
    Il sent le besoin d'aller prendre
    L'air un moment ; que celui du matin
    Est pour ces maux remède souverain

Qu'il va le respirer un moment au jardin ,

    Sans trop long-temps se faire attendre.

    De suite , brusquement il sort ,

    Et cependant il recommande ,

    Qu'au cas où Clotilde qui dort ,

A son réveil l'appelle et le demande ,

    On s'empresse de l'avertir.

Absorbé, poursuivi par ses frayeurs mortelles,

    Dans ses réflexions cruelles ,

A grands pas on le voit sans cesse aller, venir.

De quel front reparaître aux yeux de son épouse ?

    Que lui dire pour s'excuser ?

Une première nuit la tromper , l'abuser !

    C'est un affront qu'une femme jalouse

    Ne pourra jamais oublier.

    Osera-t-il lui confier

Cet horrible secret qui l'accable et le tue ?

    Du combat qu'il vient d'essuyer ,

    Du fantôme , de la statue ,

    Et de la bague disparue

    Cherchera-t-il à l'effrayer ?

    Non , ce serait peine perdue.

    Il sait que femme en d'autres cas,

    Croit aux lutins , à leur pouvoir magique,

    A l'influence diabolique

    Que Satan exerce ici bas ;

Mais cas pareil de trop près la chatouille ;

    Bien fin qui saurait l'endormir :

    Soudain son esprit se dérouille ,

Et ne se laisse pas aisément prévenir.

Bientôt elle dirait que c'est un tour d'adresse

Pour marquer son mépris ou sa froide tendresse.
Que faire en semblable embarras ?
Quel parti prendre ? A quoi donc se résoudre ?
Le pauvre Frédéric eût voulu que la foudre,
Sur sa tête à l'instant fut tombée en éclats.
Encor s'il avait l'espérance ,
De pouvoir , la prochaine nuit,
Au double réparer, en paisible déduit ,
Sa trop involontaire offense ,
Ce songe heureux l'aurait séduit.
Mais il entend encor la voix terrible
Du fantôme , ce monstre horrible
Qui le menace et le poursuit.

Plongé dans ces tristes pensées ,
Sous le poids de ses maux , ses forces affaissées ,
Sur le gazon il tombe évanoui :
On l'aperçoit ; on accourt près de lui ;
On le relève , on le transporte
Sans mouvement. A peine du château
Les porteurs empressés avaient touché la porte,
Avec leur pénible fardeau ,
Qu'une sonnette, avec force ébranlée ,
D'une secousse et vive et redoublée ,
De Clotilde aussitôt annonce le réveil.
Comme un homme plongé dans un profond sommeil ,
Qu'un bruit subit frappe et réveille ;
Frédéric à ce son ouvre soudain les yeux :
» Quel bruit s'est fait entendre à mon oreille ?
» Pourquoi m'avoir transporté dans ces lieux ?
» C'est lui... C'est sa voix redoutable...
» C'est ce fantôme impitoyable...

» De grâce laisse-moi... Quand donc cesseras-tu
      » De tourmenter un misérable ?
  Il dit , se penche et retombe abattu,
  Dans un état encor plus déplorable.

      Tout est en alarme au château ;
     Autour du malade on se presse.
     De tous côtés chacun s'empresse
     D'apporter remède nouveau.
  Pour la princesse , hélas ! quelle nouvelle ,
Disent tous les valets dans leur saisissement !
Elle va succomber à sa douleur mortelle ,
    En apprenant cette triste nouvelle.
    Mais qui voudra l'en instruire et comment ?
Chacun recule ; il faut bien cependant s'y résoudre.
Femme alors monte en pleurs , lui fait en sanglottant ;
De l'état du malade un récit déchirant.

      Ce fut pour elle un coup de foudre.
    A son réveil, voyant que son époux
    Furtivement a déserté sa couche ,
Pour un ingrat , respect , amour , rien ne la touche.
Elle l'attend et veut, dans son transport jaloux ,
     Lui faire entendre de sa bouche
    Tout ce qu'inspire un trop juste courroux ;
     Mais à la fatale nouvelle ,
     Soupirs , sanglots entrecoupés.
     » Ah ! mes esprits préoccupés
» A d'injustes soupçons se sont livrés , dit-elle ;
» Et ces torts, que croyait devoir lui reprocher
      » Ma trop aveugle jalousie ,
    » Etaient l'effet de cette maladie ,
   » Qu'époux sensible, il voulait me cacher.

                     » Volons

» Volons à son secours. » La voilà désarmée.
    Elle descend à pas précipités ,
Se jette dans ses bras, pour sa vie alarmée,
    Pleure , gémit à ses côtés.

Frédéric , par degrés , commençait à reprendre ,
    A recouvrer l'usage de ses sens :
Retentit à son cœur , bientôt s'y fait entendre
Et la voix de Clotilde et ses gémissemens.
Il se lève soudain. O joie inattendue !
    Clotilde en pleurs ! Clotilde dans ses bras !
Il avait redouté la première entrevue ,
Et d'un amour trompé les funestes éclats.
    Le malheureux ne les méritait pas ;
    Mais de trompeuses apparences,
Déposaient contre lui, servaient à l'accuser ,
    Lorsque lui-même il ne pouvait user
    Des plus légitimes défenses ,
Pour convaincre Clotilde et la désabuser.
Ce bonheur imprévu lui rend tout son courage.
De quel poids il se sent tout-à-coup soulagé !
    Mais le fantôme et son horrible image ,
    Dans la tristesse encor le tient plongé ;
Tristesse qu'il voudrait ne pas faire paraître.
A Clotilde il s'adresse en termes si touchans ,
Que dans son cœur il fait l'espérance renaître.
    De son amour , de ses soins complaisans ,
    Tendrement il l'a remercie
    Et lui dit qu'il lui doit la vie.

    Clotilde est dans l'enchantement.
Elle retrouve un époux , un amant ;

2

Quand cette nuit, présente à sa pensée ;
Sur sa couche à l'écart, tristement délaissée ,
Elle n'avait pu voir, fondée en son courroux,
Qu'un amant tout de glace, et qu'un perfide époux.
D'un outrage pareil quelle femme frappée,
A sa place en ce cas, ne s'y serait trompée ?
Mais l'Amour vit un peu de contrariété ;
Ce moment de Clotilde a doublé la tendresse,
Elle l'exprime avec plus de vivacité.
Frédéric attendri contre son cœur la presse ,
   Et de plaisir tombe à ses pieds.
   Le fantôme avec sa menace,
Ses terribles adieux, sa redoutable audace
   Dans un instant sont oubliés.
  De tous ses maux si quelque trace encore
Semble les rappeler, c'est un peu de langueur ,
Douce mélancolie et légère pâleur ,
Qui blanchit son visage et son teint d'écolore,
Mais qui donne à ses traits ce vernis de douceur ,
Que l'Amante aime à voir dans l'amant qu'elle adore ,
   Qui le rend plus cher à son cœur.

  Pendant cette courte journée,
Qui n'aurait des époux envié le bonheur ?
Mutuelle espérance et mille fois donnée ,
  De s'aimer éternellement ,
 Mais d'un amour si tendre et si constant,
Qu'il ne puisse jamais craindre la destinée.

  Cependant le ciel rembruni ,
Déjà d'un voile sombre environne la terre.
  A peine une lueur légère,
 Laisse entrevoir l'horizon obscurci.

Il n'est pas nuit encor ; mais la noire déesse,
  Poursuivant les restes du jour ,
En semant sur ses pas le deuil et la tristesse ,
Bientôt sur l'univers va régner à son tour.
  Clotilde attend ce moment en silence ,
   Et se berce de l'espérance
  Que son époux, fidèle à ses sermens,
Ne réveillera pas une première offense.

Tout-à-coup Frédéric devient sombre , inquiet.
Les yeux baissés il reste et rêveur et muet.
De songer au fantôme il ne peut se défendre ;
Dans sa frayeur, il croit le voir encor, l'entendre ;
Il est près de laisser échapper son secret.
  Etat affreux ! s'il tremble pour sa vie ,
   Hélas ! il redoute encor plus
De faire le malheur d'une épouse chérie.
   Flottant dans ces pensers confus,
Qu'avec le plus grand soin il cache ou dissimule ,
Par de vagues propos il éloigne , il recule
L'instant à son amour peut être encor fatal.
   Enfin l'heure au lit nuptial
  Près de Clotilde et l'invite et l'appelle.
Il s'arme tout-à-coup d'une force nouvelle ,
  Cherche à se faire illusion :
Peut-être ce fantôme à mes yeux si terrible ,
  Est un génie ami de la maison ,
Et qui sur elle étend sa puissance invisible.
Clotilde il aura pris sous sa protection ;
  Il la chérit , à son sort s'intéresse ;
   Il veut en cette occasion ,
  En m'effrayant, éprouver ma tendresse.

Ainsi sur ses dangers Frédéric s'étourdit.
Assurance inutile, et vainement cherchée.
   Déjà Clotilde s'est couchée,
Et le voilà qui tremble en montant dans son lit.
Ce n'est pas sans raison : encore plus redoutable
Reparaît le fantôme ; il éteint les flambeaux ;
   D'une main prompte et formidable ,
Sur leurs verges grondant fait rouler les rideaux
   Avec un bruit épouvantable ;
Ecarte Frédéric immobile et transi,
Et brusquement se couche entre Clotilde et lui.

Pendant toute la nuit il ne fut pas en peine
D'arrêter Frédéric dans l'amoureux transport.
   On n'aurait pas entendu son haleine ,
Ni vu lui remuer un doigt. Il était mort
De peur , ou peu s'en faut. Ainsi qu'une momie ,
   Plus froid que glace et tremblant pour sa vie ,
   Dans son recoin il demeura tapi
   Sans dire un mot , et sans chercher querelle
    A la terrible sentinelle
Qui le veille, toujours couchée auprès de lui.

Arrive enfin le jour. Clotilde furieuse ,
   Jetant sur lui ce coup-d'œil dédaigneux
Qui le dépit de femme exprime cent fois mieux
Que de mots outrageants la tempête verbeuse,
Quitte le lit , mais non sans laisser entrevoir
Certains appas , bientôt cachés avec malice,
   Et dont la vue achève le supplice
Du malheureux époux réduit au désespoir.
Le fantôme aussitôt , se levant sans mot dire ,
Abandonne le poste en éclatant de rire.

Frédéric délivré de l'odieux tyran,
    Gémit sur son sort déplorable.
Tout-à-la-fois la honte et la douleur l'accable.
Seul, mais n'osant encor se lever sur-le-champ,
   Il réfléchit, rêve dans sa pensée,
     Cherche les moyens de sortir
Enfin de cet état: il n'y peut plus tenir.
    Femme en fureur, qui se croit offensée,
   Ne lui promet qu'un bien triste avenir.
     Le hasard de sa maladie
L'avait servi; ce fut une excuse à ses yeux;
   Mais il n'a plus ce moyen spécieux.
Il lui faudra subir mainte tracasserie,
Dédains humilians et froide bouderie.
     Est-il état plus malheureux?
     Et pourrait-il jamais s'en plaindre?
     N'aura-t-il pas toujours à craindre,
Dans un instant d'humeur, de se voir reprocher
   Ce qu'il a tant d'intérêt à cacher?
Qu'on apprenne qu'il a son épouse abusée,
   Que son amour n'est que billevesée,
De ce moment, aux yeux de tous ses compagnons,
   Francs étourdis, railleurs et fanfarons,
Le voilà pour jamais un objet de risée.
Ce mot seul au plus vif pique sa vanité
   Comment sortir de cette anxiété?

   A son esprit tout-à-coup s'offre et brille
    Une autre idée : il la saisit.
  « Pourquoi ne pas consulter ma famille?
    » Elle est puissante, en grand crédit.
  » Par ses conseils en venant à mon aide,
  » Je trouverai peut-être le remède

» A tous les maux dont je suis affligé ,
  » Surtout contre ce monstre horrible ;
» Toujours présent et toujours invisible ,
» Qui dans mon lit me retient assiégé. »
Cet espoir consolant le flatté et l'encouragé ;
Il se lève aussitôt ; chevaux à l'équipage
Sont attelés ; il part , mais sans faire d'adieux ,
Redoutant de se rendre encor plus odieux.
Il prévient seulement qu'il va faire un voyage
Chez ses parens , n'en dit pas davantage.

Clotilde n'était pas à ce brusque départ ;
  Seule elle s'en était allée
  Au jardin bouder à l'écart.
En l'apprenant , on dit que pour sa part
  Elle en fut toute consolée ,
  Ce qui se conçoit aisément.

Cependant Frédéric chemine lestement ,
  Et vers le soir tout d'une traîte ,
Il arrive au château d'un seigneur son parent ,
  Qu'il connaissait pour personne discrète ,
  De bon conseil , sage et prudent ,
  A qui , dans cette circonstance ,
Il pouvait s'adresser en toute confiance ,
Sûr qu'il ne serait pas insensible à ses maux.

  Il ne pouvait venir plus à propos.
Le fils de ce seigneur arrivait de l'armée.
  Depuis long-temps la renommée
  Répandait que de grands combats
  Ensanglantaient les Pays-Bas.
Il y servait. Nouvelle était semée ,

Dont sa famille était toute alarmée.
Il circulait que sa troupe enflammée
Par son courage et sa valeur,
Après avoir porté, d'une bouillante ardeur ;
Dans les rangs ennemis la mort et le carnage,
Victime enfin de son courage,
S'était trouvée exposée au plus fort
De la mêlée, et qu'une batterie
Masquée en avait fait horrible boucherie ;
Enfin que ses soldats, en majeure partie,
Avec leur chef, laissé pour mort,
Dans ce massacre avaient perdu la vie.
Parens, amis, tous tremblaient pour son sort,
Même on pleurait déjà ses funérailles,
Bien que le destin le plus beau
Pour des seigneurs, soit d'aller au tombeau
Occis et pourfendus sur les champs de batailles.
Dans cette alarme, incognito,
Il était arrivé subitement la veille.

Quand il parut, surprise sans pareille ;
Grand mouvement d'allégresse au château.
Il n'est pas mort.... soudain s'en répand la nouvelle.
Amis, voisins, accourent du hameau,
Et chacun, pour donner des preuves de son zèle,
De s'écrier, il n'est pas mort !.... Bref, joie universelle.
On l'aimait comme étant un seigneur libéral,
Qui ne rougissait pas de croire son égal
L'humble habitant d'une pauvre chaumière,
Comme pétri de la même poussière.

Pour fêter son heureux retour,
A grand festin la famille appelée,

Avec nombre d'amis se trouvait rassemblée;
Dans les plaisirs s'était passé le jour,
Et la fête durait encore,
Quand Frédéric fut annoncé.
Le père l'accueillit en prince qu'on honore,
Et son Fils, du même âge, à lui plaire empressé,
Auprès de lui l'invite à prendre place.
Il s'y montra poli, mais, hélas! tout de glace;
Et loin de se livrer aux plaisirs du festin,
De partager la commune allégresse,
Il annonçait, par sa tristesse,
Le désir prononcé d'en voir bientôt la fin.

La nuit arrive. On verse enfin le dernier verre;
On se lève, et chacun, en avançant la main,
Boit au jeune héros revenu de la guerre.
On fait des vœux pour qu'un heureux destin
L'accompagne toujours dans sa noble carrière,
Et que jamais un boulet inhumain
Ne mette en deuil sa famille et son père.
Le verre est vide, et l'on fait ses adieux.
Dans les plaisirs ainsi fut terminée
Joyeusement cette heureuse journée.

Frédéric, seul, rêveur et soucieux,
Plongé dans un morne silence,
Attendait ce moment avec impatience.
Son secret lui pesait. Les voisins, les amis,
Après saluts bruyants enfin partis,
Il voit avec plaisir rester un petit nombre
Des plus proches parens, que le père a prié
De donner quelques jours encore à l'amitié.

On l'aborde en riant. « Pourquoi donc cet air sombre ?
  » Quoi ! tout fraîchement marié ,
» Déjà d'un vieux mari prendre l'air ennuyé !
» Allons donc, Frédéric , mon ami , du courage.
  » Premières nuits du mariage ,
 » On le sait bien , sont rudes à passer.
  » Avec femme jolie, aimable ,
  » Tout autre aurait pu se lasser.
» Mais Frédéric ! on sait ce dont il est capable.
  » Il n'est pas homme à se laisser
  » Vaincre sur le champ de bataille.
» Valeureux champion , par les belles fêté ! »
  On était encore en gaîté.
  Chacun son mot , chacun le raille.
On ne se doute pas du coup qu'on a porté ,
En croyant dissiper ses noires rêveries.

« Trève , mes chers parens , à vos plaisanteries ,
» Et ne voyez en moi qu'un objet de pitié ,
» Leur répond Frédéric. Vous verserez des larmes ,
» Lorsque vous connaîtrez mes soucis , mes alarmes.
» Je réclame aujourd'hui toute votre amitié :
  » Vous me l'accorderez , sans doute. »

  A ce début on se tait, on écoute.
Il leur peignit alors de si vives couleurs ,
  Ses angoisses et ses malheurs ,
  Leur fit un portrait si terrible
De ce fantôme impitoyable , horrible ,
Qui d'une main de fer s'opposait à ses vœux ,
  Qu'il leur fit dresser les cheveux.

  Mais c'est vraiment affreux, épouvantable ,

Chacun de s'écrier ! Le monstre abominable !
   Pendant la nuit.... Et toujours au moment....
   Et sans pouvoir.... toujours vous repoussant !
     Quelle guerre affreuse il vous livre,
     Ce fantôme persécuteur !
     Cent fois j'en serais mort de peur.
     Comment pouvez-vous y survivre?

   Un vieux parent, sur son coude appuyé,
Avait tout entendu, n'avait rien oublié,
Mais qui n'avait rien dit, prend soudain la parole.
» Tout réfléchi, dit-il, moi je vois que Satan
   » Dans cette affaire a joué le grand rôle.
   » Je reconnais à ce tour le méchant.
» Je gage que c'est lui qui s'était en statue,
   » Lors de vos jeux, changé subitement ;
     » Il sut vous fasciner la vue,
» Et vous pousser à mettre à son doigt votre Anneau.
     » Ce tour vraiment est subtil et nouveau;
» Mais je dis hardiment que c'est un tour du diable.
» Le cas est grave, mais non irrémédiable ;
     » Il ne vous faut qu'un peu de foi,
» Infortuné jeune homme, et je vous promets, moi
» De vous débarrasser de ce lutin farouche,
   » De le forcer, dès la première fois,
   » A vous laisser dans votre couche
» Avec liberté pleine, exercer tous vos droits.
     » Je connais certain personnage,
« Hermite vénérable et saint de son métier,
     » Surtout redoutable sorcier,
» Terrible aux farfadets de tout le voisinage.
     » Je veux vous y mener demain ;
     » Nous partirons ensemble du matin,

» Et soyez sûr que contre le malin
  » Qui vous tourmente et vous obsède,
» Avant la fin du jour, vous aurez prompt remède,
  » Sans crainte à moi d'y perdre mon latin.

Ce discours, prononcé de cet air d'assurance
  Qui commande la confiance,
 De Frédéric, qui l'a bien entendu,
  Ranime l'esprit abattu,
 » Et dans son cœur rappelle l'espérance.

Le lendemain, ainsi qu'ils se l'étaient promis,
 Les voyageurs se lèvent de bonne heure,
  Tout est disposé sans demeure ;
Ils montent à cheval et les voilà partis.
  » Un ciel riant et sans nuage
 » Leur promettait agréable voyage.

Frédéric, plus joyeux dans ses illusions,
 Se repaissait de douces visions.
 On le voyait aisément à sa mine.
Ils avaient parcouru montagnes et vallons,
 Quand parvenus au haut d'une colline
 Le vieux parent, en donnant des talons,
 A Frédéric, qui moins vite chemine,
 Montre du doigt une grotte voisine,
  En lui criant: vite, avançons ;
  Nous y voilà, nous arrivons.

Frédéric, de la grotte en fixant l'ouverture,
  Se sent frappé d'émotion,
  Et son imagination
Se trouble au souvenir de sa triste aventure;

Le fantôme le suit ; il tremble , il croit le voir.

» Hélas! aurai-je fait vainement ce voyage ,

» Et de m'en délivrer, le dévot personnage

    » Aura-t-il vraiment le pouvoir?

Et d'espoir et de crainte agité de la sorte ,

De la grotte bientôt il arrive à la porte,

    Précédé de son compagnon.

Ils la trouvent fermée avec précaution ;

Mais au bruit des chevaux , d'abord elle s'entrouvre :

Apparaît une tête ; un capuchon la couvre ;

» Eh ! quoi , c'est vous, mon fils de prédilection,

    » Dit en sortant, se découvrant de suite,

» D'un ton affectueux, le mielleux hermite.

    » Graces à vous qui daignez visiter,

    » En m'accordant une faveur insigne ,

    » Du Tout-puissant le serviteur indigne.

» Que Dieu , dans tous vos vœux puisse vous écouter!

» Entrez : quoique ce soit mon heure de prière,

    » J'ai trop de plaisir à vous voir,

    » Dieu daignera me pardonner j'espère ,

    » De la renvoyer à ce soir.

» Asseyez-vous. Quel est cet aimable jeune homme ?

» Pour la première fois je le vois avec vous.

» Pourquoi cette tristesse avec des traits si doux ?

    » Puis-je savoir comme il se nomme ?

    —— " C'est pour lui que je viens de votre sainteté

» Réclamer le secours et toute la bonté ,

    » Dit le vieillard ; un horrible fantôme

» L'assiége dans son lit, le met au désespoir.

» Il a pris récemment femme jeune et jolie

    » Et de lui tendrement chérie.

« Eh bien ! toutes les fois qu'il se met en devoir,...
» Mais Frédéric a meilleure mémoire ,
» Il va vous raconter tout au long son histoire.

Ces mots de Frédéric réveillent les douleurs.
« Ah ! mon Père, prenez pitié d'un misérable ,
      Dit-il, puis il lui fait le détail déplorable
            De ses tourmens , de ses malheurs ,
      Sans oublier aucune circonstance.

L'Hermite , à ce récit , de froncer le sourcil ,
Et de dire au jeune homme : instant est le péril ,
» Mon cher fils , le cas est d'une haute importance ;
            » Satan vous tient sous sa puissance.
            » Accusez-en votre imprudence ;
      » Jeunesse va toujours au grand galop ,
      » Sans réfléchir jamais , ou sur le trop
      » Ou le trop peu, dans sa fougue elle avance ,
» Ne prévoit rien d'un fait ni de sa conséquence ;
      » Qu'arrive-t-il ? d'abord c'est un faux pas ,
      » On se relève et l'on n'y songe pas ;
» Mais un autre de près le suit, plus redoutable,
» Et puis un autre encore, et si bien qu'à la fin ,
« Après avoir lutté contre la chute, en vain ,
            » Elle devient inévitable.
      » Voilà, jeune homme , en deux mots votre fait.
      » J'ai de votre âge un peu d'expérience ;
      » Sans m'avoir mis dans votre confidence ,
» Le passé m'est présent: je sais votre secret ,
» A l'instant inutile à vous d'être discret ;
      » Avouez tout en bonne conscience.

      » N'est-il pas vrai qu'en dernier lieu , j'entends

» Deux mois, trois mois, toujours très-peu de temps
» Avant que d'épouser cette jeune princesse,
» A qui vous ne pouvez prouver votre tendresse
  » Que par des mots, dans un bal un beau jour,
» Vous vîtes, au moment qu'on commençait la danse,
  » Fille gentille, accorte et faite au tour,
» Dont vous fîtes bientôt plus ample connaissance,
» Et cependant, alors, une jeune beauté
» Déjà, dans ses filets, vous tenait arrêté ;
  » En se montrant d'abord un peu rebelle,
  » Votre amour-propre elle avait irrité.
» Mais quand elle eut cessé de jouer la cruelle,
« Grand triomphe ce fut pour votre vanité ;
  » Dans les transports d'une amoureuse ivresse,
  » Avec serment vous lui fites promessse
   » D'éternelle fidélité ;
   » Promesse en tout point solennelle,
  » Parole vaine, et trop légers sermens,
  » Comme la paille emportés par les vents !
  » En rencontrant cette beauté nouvelle,
  » Ils furent bientôt oubliés.
   » En devintes-vous plus fidèle ?
  » Non : vainement mille fois à ses pieds
» Vous jurâtes encore une amour éternelle.
» Insensible à ses pleurs, elle fut à son tour,
» Dupe de vos sermens, dupe de votre amour,
  » Et cependant elle avait la faiblesse
  » De vous aimer de sincère tendresse.
» Aussi, son cœur blessé, sentit-il vivement
  » Et vos mépris, et ce sanglant outrage.
  » Elle jura de dépit et de rage,
  » Quand elle eut vent de votre mariage,

» Que vous ne l'auriez pas trahie impunément.
» Elle était née avec un ferme caractère ;
» Se laissant emporter à sa juste colère ,
» Elle prit aussitôt un parti violent.

 » Pour se venger d'un infidèle amant ,
 » Femme est toujours en ressource fertile.

  » Vengeance commune et stérile,
» N'aurait pas satisfait sa haine et sa fureur ;
 » Elle la veut terrible , épouvantable,
 » Toujours piquante et qui vous frappe au cœur ,
» Et pour y parvenir elle se donne au diable.
« Or, vous savez, mon fils, que diable a le secret ,
  » De se montrer sous mille formes ,
« Fantômes quelquefois, tantôt spectres difformes ,
  » Ou toute autre ainsi qu'il lui plaît.
» Eh bien ! c'est elle , c'est la Vénus prétendue ;
  » C'est cette fatale statue
 » Dont le doigt sçut dérober votre anneau ;
» C'est elle qui la nuit, rôdant dans le château ,
  » Mais invisible à votre vue ,
  » Vous assiége dans votre lit ,
  » Et de sa main vous interdit ,
  » A votre amour toujours fatale ,
  » Toute approche de sa rivale.
  » De vos efforts elle se rit ;
 » Votre frayeur est un jeu qui l'amuse ,
  » En même-temps qu'elle jouit
 » De la colère et du secret dépit
  » De Clotilde qui vous accuse.
  » Suis-je fidèle en mon récit ?
  » En me voyant si bien instruit
  » De vos anciennes frédaines ,

» Vous rougissez , jeune imprudent.
» Consolez-vous : toujours pour votre âge indulgent ,
» Je veux vous secourir , mettre fin à vos peines.
» Cessez donc de vous alarmer.
» Contre votre ennemi je saurai vous armer ,
» Si bien que n'aurez plus à craindre sa vengeance.
» Il vous faudra d'abord recouvrer votre anneau.
» Attendez-vous à forte résistance ;
» Vous en viendrez à bout, grâce à mon assistance ;
» Mais surtout du courage et de la confiance.

L'hermite au même instant, soulevant un rideau,
Atteint cassette ronde et d'une clef fermée ,
De maintes croix garnie , et d'ambre parfumée ;
S'agenouille , et levant les deux mains vers le ciel ,
Contre Satan invoque l'Eternel ,
Prononçant quelques mots d'une voix effrayante ,
Ses yeux sont égarés, et sa bouche écumante ;
Furieux , il faisait mille imprécations ,
Qu'il adressait aux spectres, aux démons,
Les menaçant de foudre , de vengeance ;
Comme s'il avait eu tout l'enfer en présence.
Tout-à-coup il se calme , et, d'un air souriant ,
Prend la cassette etse signe en l'ouvrant.

Frédéric et son vieux parent ,
Qui n'avaient jamais vu magique expérience ;
D'abord tout recueillis , l'observaient en silence ;
Mais voyant le saint homme en ses pieux transports,
Ils le crurent atteint de subite démence,
Même eurent peur qu'il n'eût le diable au corps.
Mais ses soins attentifs aux objets qu'il apprête ,
Leur prouva qu'il avait bien conservé sa tête.

Ils

Ils jetèrent alors un regard curieux
Sur le coffret mystérieux.
Il était plein de scapulaires,
De chapelets, d'agnus et de rosaires,
Tous proprement empaquetés,
Et tout fraîchement rapportés
Sans accident par le saint homme,
Lors d'un voyage à pied qu'il avait fait à Rome,
Vœu que pour ses péchés il avait accompli.
Le tout avait été bien et dûment béni,
En grand'pompe par le Saint Père.
C'étaient merveilleux talismans,
En y joignant quelque prière,
Contre spectres et revenans.
De deux paquets ouverts avec mystère,
L'hermite extrait agnus et scapulaire.
L'un sous une enveloppe est mis et cacheté ;
C'était l'agnus. Du sceau l'empreinte horrible
Offrait à l'œil épouvanté
D'un énorme dragon la figure terrible.
Mais l'autre était tout simplement
De deux lambeaux de drap le modeste assemblage,
Ajustés aux deux bouts d'un large et long ruban,
De deux cœurs enflammés représentant l'image.

L'hermite alors, composant son maintien,
A Frédéric adresse ces paroles,
En appuyant sa main sur ses épaules :
« Avec attention, mon fils, écoutez bien
» Ce que je vais vous dire, et n'en oubliez rien.
» Tout en est précieux. La moindre négligence
» Aurait pour vous, la plus funeste conséquence.

3

» C'est à vous d'y songer. Par magiques secrets,
   » Je peux du diable enchaîner la puissance;
» Votre prudence en doit assurer le succès.

» Au carrefour nommé des Quatre-Rues,
   » Vous vous rendrez demain juste à minuit.
   » Vous marcherez toujours seul et sans bruit,
» En suivant de l'Arno les longues avenues.
   » Vous trouverez, à gauche en arrivant,
» Dans le tronc d'un vieux chêne une sûre retraite.
» Placez-vous-y debout et le corps en avant,
   » Et retenez votre haleine indiscrète.
» Bientôt vous entendrez un sourd mugissement,
   » Tel que celui d'une mer agitée
   » Par un orage violent.
» La nuit sera plus sombre, et la terre attristée
   » Résonnera d'un subit tremblement.
   » C'est dans ce terrible moment
« Qu'il faudra vous armer de tout votre courage.
   » Grand bruit, effroyable tapage
   » Vous frapperont l'oreille incontinent.
   » Chiens aboieront dans tout le voisinage
   » Saisis de subite terreur;
» L'oiseau nocturne, atteint de pareille frayeur,
   » D'un vol pesant fuira dans les ténèbres,
» Faisant retentir l'air de mille cris funèbres.
   » Spectres alors en foule arriveront,
» Qui devant vous hurlant, dansant, défileront.
» Gardez, en les voyant, le plus profond silence,
   » Et surtout qu'aucun mouvement
   » Ou de peur, ou d'étonnement,
   » Ne trahisse votre présence.
» Une fois écoulés, ces affreux bataillons,

» Du monarque infernal horribles légions,
» A leur suite bientôt vous le verrez lui-même,
» Le front orné d'un riche diadême,
» Et porté sur un char traîné par huit dragons.
» L'instant sera pour vous de plus en plus critique.
» Vous le verrez approcher à pas lents,
» Aux sourds accords de lugubre musique.
» Il lancera sur vous des yeux étincelans,
» Vous fixera d'un air farouche,
» Tout aussitôt qu'il vous verra.
» Puis d'une voix terrible il vous criera :
» Où vas-tu ? d'où viens-tu ? parle ; que fais-tu là ?
» Gardez bien qu'un seul mot sorte de votre bouche.
» Marchez à lui, passage on vous fera.
» Encor que son sourcil se hérisse et se fronce,
» Présentez-lui le paquet que voilà,
» Et debout, d'un pied ferme, attendez sa réponse.

» A peine le cachet aura frappé ses yeux,
» Que devenu tout-à-coup furieux,
» Il poussera des cris épouvantables,
» Que les échos rendront encor plus effroyables.
» Dans d'horribles convulsions,
» Il vomira mille imprécations,
» A son secours appelant tous les diables
» Des infernales régions.
» Mais soudain des éclairs les rapides sillons,
» Embrasant l'air de leurs feux redoutables,
» Répandront la terreur dans ses noirs bataillons,
» Que dispersent des vents les brûlans tourbillons.
» Contre cette horrible tempête
» Il veut lutter en vain. La foudre avec fracas,
» A coups redoublés, sur sa tête

» Tombe et s'y brise par éclats.

» Tout fracassé, sur son char immobile,

» Soulevant avec peine une tête débile,

» Il s'écriera : Grand Dieu ! suspens tes coups !

» Puisqu'un Anneau t'échauffe tant la bile,

» A si grands frais allume ton courroux,

» Pas tant de bruit, on va le rendre.

» Puis au plus prompt de ses valets cornus :

» Vite, lui dira-t-il, va me chercher Vénus.

» Qu'elle vienne à l'instant et sans se faire attendre.

» En un clin-d'œil l'ordre sera porté,

» En un clin-d'œil de même exécuté.

» Par le nuage obscur d'une foule empressée,

» De Vénus arrivant l'approche est annoncée.

» Alors apparaîtra, s'avançant à pas lents,

» Nonchalemment sur une mule assise,

» Une jeune beauté, dont les traits séduisans

» Vous frapperont d'agréable surprise.

» Lascive en tous ses mouvemens,

» Son corps balance et se soutient à peine.

» De tous côtés elle promène,

» Laisse tomber des regards languissans.

» Un désordre apparent règne dans sa parure ;

» Mais on y voit de l'art tous les rafinemens.

» De franges d'or une riche ceinture

» En plis serrés retient ses vêtemens,

» Dont les tissus, légers et transparens,

» Laissant un passage à la vue,

» La font paraître demi-nue.

» Son front, ceint d'un bandeau garni de diamans,

» Rayonne au loin de feux éblouissans,

» Et de ses blonds cheveux les boucles ondoyantes
» Descendent sur son sein mobiles et pendantes.

    » Le cœur ému, touché de tant d'attraits,
       » Encore imprudent par faiblesse,
    » Sans songer même au danger qui vous presse,
    » Vous chercherez à la voir de plus près.
» Au gré de vos désirs, le voile qui la couvre,
» Soulevé par ses mains, légèrement s'entr'ouvre.
» Que vous serez, mon fils, saisi d'étonnement,
» Quand vous reconnaîtrez, sous ce déguisement,
» Cette belle Clara, la jeune infortunée
    » En dernier lieu par vous abandonnée,
» Malgré tous vos sermens et votre foi donnée.
» Confus à son aspect, vous sentirez alors
    » Ce trait poignant, l'aiguillon des remords,
» Qui vous rappellera la noire perfidie,
» Source de tous vos maux, qui lui coûta la vie.
» Mais vous éprouverez un supplice nouveau,
» Quand vous verrez briller à son doigt cet anneau
» Qui lui donne sur vous un si terrible empire.
» Vainement vous voudrez tenter de l'arracher;
» Les mains vous trembleront, n'oseront approcher.
    » Vous entendrez alors Satan lui dire
» D'un ton sévère, avec un geste menaçant,
    » Et du doigt aussi vous montrant :
» Tâche un peu de cesser tout ce patelinage,
» Vénus. Vois ce jeune homme; il te faut sur-le-champ
» Lui rendre cet Anneau dont tu fais étalage.
    » Je te l'ordonne. Obéis à l'instant
    » Sans répliquer. Ce tonnerre effroyable,
      » Tout ce tapage épouvantable,
      » Les coups dont je suis presque mort,

» C'est ce maudit Anneau, n'étant pas le plus fort;

» Qui me cause tout ce ravage.

» Rends-le lui donc. Tremblante et pâle de frayeur,

» En vous voyant d'étonnement saisie,

» Et s'efforçant de cacher sa furie :

» Comment ! c'est vous, mon aimable Seigneur,

» Vous dira-t-elle, avec un sourire moqueur.

« Qui vous a fait quitter une épouse chérie ?

» Un tendre époux, comme vous plein d'ardeur;

» N'a pas craint d'éveiller un peu sa jalousie,

» Et de troubler sa belle humeur ?

» Quoi ! cet Anneau vous tient encore au cœur ?

» Laissez ce léger gage à votre vieille amie.

» Elle voudrait encor, dans son dépit,

» Par des mots plus piquans se venger, vous confondre;

» Mais Satan furieux, que ce propos aigrit,

» Vous dispense de lui répondre.

» Ce compliment, dit-il, sans doute est bel et beau;

» Mais il est question de rendre cet Anneau.

» Tu résistes, je crois ? refuses de le rendre ?

» Eh bien ! jeune homme, osez le lui reprendre.

» Que votre cœur, mon fils, s'enflamme à ce discours

» Pour combattre cette furie.

» Aux ordres de Satan sans se croire asservie,

» Dans sa rage elle aura recours

» A son art infernal, aux plus perfides tours.

» Pour échapper à votre vue,

» Comme au temps de vos jeux, elle saura soudain

» Se changer encor en statue.

» Devenue à l'instant un colosse d'airain,

» Elle vous montrera cette fatale main,

» Dont le doigt, fortement replié de plus belle,

» Dans sa prison renfermant votre anneau,
» A vos efforts se montrerait rebelle,
» Si vous tentiez, par un essai nouveau,
» De l'en ôter. Gardez de lutter avec elle.
» Je vous donne un moyen de mettre à la raison ;
  » De désarmer ce dangereux démon.

    » Après une courte prière,
    » Vous ouvrirez ce scapulaire,
    » Le passerez à votre cou
    » En le baisant, et de manière
    » Qu'en le plaçant de chaque bout,
» L'un pende par devant et l'autre par derrière ;
» Et puis de la statue approchant hardiment,
» Vous toucherez du doigt l'anneau légèrement.
    » Avec fracas épouvantable,
    » En jetant un cri lamentable,
    » Le colosse, brisé soudain,
» Laissera s'échapper l'anneau dans votre main.
» Vous vous éloignerez promptement de sa vue ;
» Marchant sur les débris de ce démon statue.
» Vous vous retournerez : tout aura disparu,
» Fantômes et démons avec leur chef vaincu.

» Vous toucherez alors à la fin de vos peines.
» Vous l'aurez payé cher, ce moment, mon cher fils ;
» Mais l'absolution de toutes vos fredaines,
    » Là, pouviez-vous, en bonne conscience,
» Espérer l'obtenir jamais à moindre prix ?
    » Mais si rude est la pénitence,
    » Bien douce aussi sera la récompense.
    » Vous souriez, les yeux baissés,
» Petit pécheur. Déjà vous embrassez.

» Votre Clotilde en espérance.

» Au plus vite fuyez. Retournez au château
 » De vos parens, muni de votre Anneau.
» Mais précieusement gardez ce scapulaire.
  » Clotilde, toujours en colère,
 » Comptera peu sur vos preuves d'amour ;
 » Et si sa main vous repousse à son tour,
» Elle vous en rendra l'usage nécessaire.

» A présent vous voilà bien instruit, je l'espère.
» Partez : quelque plaisir que j'éprouve à vous voir,
 » Je vous engage à partir dès ce soir.
  » C'est un combat à toute outrance
  » Que vous aurez à soutenir.
 » Epargnez-vous un tardif repentir,
  » En vous y préparant d'avance.
 » Comptez toujours sur ma protection.
» Je vous donne en partant ma bénédiction. »

Ainsi parla l'hermite. « Ah ! quelle diablerie
 » Que tout cela, grand Dieu ! j'en suis vraiment
 » Tout interdit, tout confondu, s'écrie,
 » En se joignant les mains, le vieux parent.
» Ah ! le vilain démon ! la méchante diablesse
  » Que votre maudite maîtresse,
» Mon pauvre Frédéric ! et quel tour infernal
» Elle vous a joué ! Quoi ! se donner au diable
 » Pour se venger, pour vous faire du mal.
 » Oui, femme seule en peut être capable.
  Je n'en reviens pas. Mais enfin,
 » Puisque tel est votre cruel destin,
» Il faut bien le subir. Quelle obligation

» N'aurez-vous pas à ce saint homme,

» Si , par son intercession ,

» Vous êtes délivré de ce méchant fantôme.

» Le bon père a raison. Je crois qu'il ne faut pas

» Perdre un moment en pareil cas.

» Partons: la nuit approche et pourrait nous surprendre.

» Tâchons promptement de nous rendre

» Auprès de nos parens , sûrement inquiets

» De notre long voyage , et curieux d'apprendre

» Quel en peut être le succès.

» D'ailleurs , ainsi que le dit le bon père ;

» Il faut vous disposer , par fervente prière ,

» A soutenir avec honneur

» Ce combat d'où dépend votre futur bonheur.

» Demain , que toute la journée

» A cet œuvre pieux soit par vous destinée.

» — Docile à vos conseils , je vous suis , cher parent ;

» Et serai pour partir tout prêt dans le moment,

» Répondit Frédéric. » Puis jetant sur l'hermite

Un coup-d'œil d'attendrissement :

» Mon Père , lui dit-il , avant que je vous quitte ,

» Daignez avec bonté , d'un cœur reconnaissant ,

» D'un fils soumis et repentant

» Agréer le respect et le sincère hommage.

» Ce n'est qu'un faible témoignage

» Des sentimens que me font éprouver

» Et votre accueil et votre bienveillance.

» Dans vos leçons j'ai toute confiance ,

» Et je rends grace à Dieu de m'avoir fait trouver

» En vous un bienfaiteur, la tendresse d'un père,

» Oui , je saurai , par fervente prière ,

» Sur vos conseils sans cesse m'appuyer ;
 » De ces démons narguer l'audace ,
» Au milieu d'eux les braver face à face ,
 » Les combattre sans m'effrayer.
» — Fort bien , mon fils , d'un brave chevalier
 » Je reconnais là le langage ,
 » Reprend l'hermite en souriant ,
 » Bien me fie à votre courage ;
 » Mais , sorti de ce pas glissant ,
» Promettez-vous , pendant le mariage ,
 » De vous montrer un peu plus sage
 » Que ne fûtes auparavant ? »
Ainsi le bon hermite , et c'était son usage ,
Egaya , par propos et plaisans et flatteurs ,
 Le départ des deux voyageurs.

 Bientôt chacun , sur sa monture ,
 Trottant d'une commune allure ,
 Ils regagnèrent leur manoir.
 De bonne heure arrivés le soir ,
Grande rumeur , et joie universelle.
 En apprenant cette nouvelle ,
Accourent les parens , ravis de les revoir.
 Du vieux parent la mine radieuse ,
 De Frédéric la démarche joyeuse ,
 D'un voyage selon leurs vœux
 Sont déjà le présage heureux.

Vite en conseil la famille s'assemble.
Chacun les interroge ; ils parlent tous ensemble ,
 Groupés en foule , en cercle réunis.
Le vieux parent des mains provoque le silence ,
Et de parler enfin il lui devient permis.

C'est lui qui le récit commence.
Frédéric ne l'eût pu faire sans embarras ;
Lui-même avoir la hardiesse
De raconter maints tours de sa jeunesse ;
Et l'histoire de sa diablesse,
Non, cela ne se pouvait pas.
Il se tut donc. Entrant aussitôt en matière,
Et se donnant ample carrière,
Le vieux parent, de son sujet
Encor tout plein, fit le récit complet
De leur mystérieux voyage,
De tout ce qu'avait dit et fait
De merveilleux le dévot personnage ;
Enfin, raconta tout comme il s'était passé.

Frédéric écoutait triste et le front baissé ;
Mais la famille, émue et consternée,
A ce récit, tremblante de frayeur,
De cette infortuné comprit tout le malheur ;
Et déplora, dans sa douleur,
Son effroyable destinée.
Ces lamentations réveillèrent soudain
Et Frédéric et son courage.
» Rassurez-vous, dit-il, et croyez que demain
» De ces armes muni, que je tiens dans ma main,
Je saurai bien faire tête à l'orage ;
En même temps il leur montrait
Le scapulaire et le paquet,
En ajoutant : les voilà de ma gloire
Les instrumens ; bientôt vous en verrez l'effet ;
Ils sont garans sacrés de ma victoire.
Je vais me recueillir, si vous le trouvez bon,
Et profitant de la leçon

Qu'à mon départ , j'ai reçue du bon père,
Me préparer par fervente prière.

On fut dans l'admiration
De ce sang-froid , qu'on ne concevait guère
Dans un danger aussi pressant ;
Mais on suivit l'avis du vieux parent ,
On lui laissa liberté toute entière.

On n'entend point parler de lui le lendemain.
Il s'était seul esquivé le matin ,
Et par routes de lui connues,
Il avait pris lentement le chemin
Qui de l'Arno conduit aux avenues.
Près d'arriver, s'offrit à son regard ;
D'un bois voisin l'épais feuillage ;
Il s'y retire aussitôt à l'écart ,
Résolu de passer le jour sous son ombrage ;
Et de rester dans ce sombre réduit
En prière jusqu'à minuit.

Bien rare il est que dans la solitude ,
Ne nous assiégent pas noires réflexions.
Aux plus douces illusions
Vient succéder souvent la vague inquiétude.
Ce n'est d'abord qu'un nuage léger ;
En l'écartant, on se le dissimule ;
Bientôt il s'épaissit , il s'approche ; on recule
Et l'on a peur sans y songer.

Ce fut ainsi que toute la journée,
De Frédéric , en sens divers,
L'âme flottait , tantôt par la peur des enfers ,

Dans ses gouffres brûlans craignant d'être entraînée ,
Et séduite tantôt par cet espoir flatteur
  Qu'une conquête et certaine et facile ,
Terrassant le fantôme et sa fureur hostille ,
Va lui rendre bientôt et Clotilde et son cœur.

  Enveloppé d'un voile sombre
Le bois paraît déjà confondu dans son ombre ,
  A peine une faible lueur
  Pouvait guider les pas du voyageur.
  Frédéric croit ne devoir pas attendre
Plus long-temps pour sortir de ce sombre réduit
Il n'a pas oublié que c'est juste à minuit
   Qu'au carrefour il doit se rendre ,
Et d'ailleurs il lui reste , avant d'y parvenir ,
Un assez long espace encore à parcourir.
Il reprend le chemin qui mène aux quatre rues ,
En suivant de l'Arno les noires avenues.
A gauche , en arrivant , il voit le chêne creux
  Dont les vieux bras couvrant le voisinage ,
Ajoutent à l'horreur de ces lugubres lieux ,
  Par leur épais et noir ombrage.
Il s'y cache debout et le corps en avant ;
  Le cœur lui bat : inquiet il attend.
Lentement l'heure fuit pour son impatience.
  Règne partout le plus profond silence.
Le feuillage , qu'à peine effleuré un vent léger
Seul frémit agité d'un souffle passager.
  Au moindre bruit il tremble. Minuit sonne ;
Il pâlit de terreur et tout son corps frissonne.
Dans son trouble il saisit avec vivacité ,
  Porte en avant le paquet cacheté ,

A son secours appelant le bon-père.
Quel effet merveilleux ! quel prodige il opère!
    Au même instant, Frédéric que n'aguère
Un moucheron aurait fait fuir épouvanté,
Prend un air menaçant, une attitude fière;
Le regard assuré, lève une tête altière.
    D'un ton d'audace et d'intrépidité:
« Eh bien! dit-il, quand donc oseront-ils paraître,
» Ces spectres, ces démons et leur terrible maître ?
    » Viens donc, fantôme, auteur de tous mes maux,
      » Subtil escamoteur d'Anneaux;
      » Viens ennemi lâche et perfide,
» Invisible héros, d'un courage intrépide,
» Toujours prêt au combat, surtout quand il s'agit
» D'attaquer un époux désarmé dans son lit.
» Par un tour infernal, mon Anneau tu sus prendre;
» Vois cette main : bientôt elle saura t'apprendre
» Que tu n'auras pas fait ce vol impunément;
    » Approche donc, honteusement,
    » Tu vas te voir forcé de me le rendre.

Il menaçait encor... lorsque se font entendre
Des cris aigus, d'horribles siflemens;
    L'air est en feu, la terre tremble,
    S'ébranle dans ses fondemens,
    On dirait que les élémens
Dans ce fracas vont se confondre ensemble.
Comme l'hermite en ses prédictions,
    Avait pris soin de l'annoncer d'avance,
    Accourt en tumulte et s'avance
De spectres entassés, d'innombrables démons,
    Une foule effroyable, immense,

Faisant mille contorsions.

Sans s'émouvoir , d'un front calme et tranquille ,
Frédéric suit des yeux la troupe qui défile,
Rit de leurs gestes menaçans.
Soudain l'écho répète en longs mugissemens
Les sons rauques et sourds de cornets discordans :
Du redoutable chef de la horde infernale ,
Ils annoncent au loin la marche triomphale.
Agités par les vents, déjà de toutes parts
Apparaissent flottans ses sanglans étendards,
Le char paraît , approche, et tout-à-coup s'arrête.
Satan qui le conduit , en soulevant sa tête ,
De Frédéric a rencontré les yeux ;
Il lui lance aussitôt un regard furieux ,
Et lui fait en mots diaboliques,
Tous horriblement énergiques ,
Les plus terribles questions.
Sans répliquer ; Frédéric de sa place
S'élance d'un pied ferme , avance avec audace ,
En écartant la foule des démons ,
Lève la main et lui présente
Debout, auprès du char , le paquet cacheté ,
Et lui demande avec fierté
Réponse sur le champ , lui dit qu'elle est pressante.

De tant d'audace épouvanté ,
Le monstre, d'une main tremblante,
Saisit brusquement le paquet.
Mais il n'eut pas plutôt reconnu le cachet ,
Qu'il jette un cri terrible , épouvantable ;
De rage il tempête et rugit,
Brise son sceptre et fait un vacarme effroyable.

Vaine fureur ! tout ce qu'avait prédit

Le bon hermite s'accomplit ;

Frappé, terrassé par la foudre

Et tout mutilé de ses coups,

Il lui fallut sur le champ se résoudre

A répondre au placet de l'intrépide époux.

Vénus est appelée ; elle arrive éperdue,

Et d'espoir se voyant déçue,

En vain d'une énorme statue,

Par son art elle prend la forme de nouveau,

De force il lui fallut restituer l'Anneau.

Par la vertu du scapulaire,

Au cou de Frédéric promptement suspendu ,

Le colosse infernal se brise comme un verre,

Et l'Anneau s'écoulant soudain du doigt tendu ,

Tombe, et sans autre effort à son maître est rendu.

Frédéric est au comble de la joie,

Il le relève et le baise en pleurant.

Quel changement subit ! une heure auparavant,

Plongé dans la douleur , il se voyait en proie

Au chagrin le plus dévorant ,

Et voilà tous ses vœux remplis dans un moment.

Fier de cette victoire , il s'élance, il s'écrie :

» A mon tour, fantôme insolent !

» J'entends , je crois, assez bien raillerie ;

» Reviens jouer des mains sur ma couche à présent ;

» Reviens-y donc , je t'en défie.

» Ah ! Clotilde , épouse chérie ,

» Je vole dans tes bras, reçois-moi sans courroux ;

» Digne de toi tu verras un époux.

Dans les transports de son âme ravie,

Il ne s'était pas apperçu

Que

Que spectres et démons , tout avait disparu.
Mais pour lui quel moment encore d'allégresse ;
De faire à ses parens partager son ivresse ,
    De leur montrer triomphant son Anneau !
En courant il reprend le chemin du château.

    A peine la naissante aurore
    Sur l'horison qu'elle colore ,
Commençait à répandre une faible rougeur.
Les chiens , en aboyant , par leurs longues clameurs ,
Annoncent son retour : avec impatience
    On l'attendait. Il trouve toute en transe
    Sa famille encore debout ;
    On commençait à perdre l'espérance
De le revoir. — Quoi ! seul contre le loup-garou ,
    Dont tout l'enfer va prendre la défense !
Impossible ! il est mort, disait-on. Sa présence
    Subite arrête tout-à-coup
    Cette trop prompte doléance.
Dans son transport , chacun lui saute au cou.
— Est-ce bien vous ? L'agréable surprise ,
Mon pauvre Frédéric ! nous vous croyons perdu ;
Mais perdu pour jamais. Contez-nous sans remise
    Tout ce que dans cette entreprise
    Vous avez fait , vous avez vu.
Ah ! quel bonheur , grand Dieu ! vous seul avoir vaincu
    Tout l'enfer dans cette querelle !
Cette victoire , admirable vraiment ,
Est de votre valeur le plus beau monument ;
    Mais c'est aussi l'avoir échappé belle.

    Frédéric alors leur conta ,

        4

Dans les moindres détails, sa terrible aventure;
Son voyage pendant la nuit la plus obscure;
Comment le chêne creux il avait trouvé-là,
D'abord transi de peur, comme il s'y retira;
La foule des démons qui de près défila,
Leurs gestes menaçans, leur horrible figure,
Le monstre sur son char, la foudre, et cætera.
   Mais ce qui plus les effraya,
    Ce fut l'arrivée imprévue
  De la Vénus, qui d'abord à sa vue
Vint s'offrir sous les traits du plus charmant démon,
   Puis son subit changement en statue
    Et sa terrible explosion.
   — Ah! quelle épouvantable histoire!
Elle sera long-temps gravée en ma mémoire:
Chacun de s'écrier. Elle aurait fait trembler
    Le guerrier le plus intrépide,
    Et de gloire, le plus avide;
Devant pareils démons on l'eût vu reculer.

—— Mes chers parens, je suis on ne peut plus sensible
Au touchant intérêt qu'en ce moment pénible
» Vous avez bien voulu chacun me témoigner,
» Leur répond Frédéric; pour tant de bienveillance,
   » Daignez agréer l'assurance
   » De ma vive reconnaissance;
» Mais un devoir pressant me force à m'éloigner;
» Je dois un prompt retour à mon aimable épouse.
» Hélas! elle n'a pas connu tous mes malheurs;
» Elle se désespère en sa douleur jalouse;
» Trop heureux si je puis bientôt sécher ses pleurs.

» Oui, partez Frédéric ; pour moi je vous approuve ,
    » D'un grave ton répond le vieux parent.
       » Comme tous vos amis je trouve
» Que votre prompt retour pour Clotilde est pressant,
    » Et même plus qu'on ne se l'imagine.
» Mais , partirez-vous seul ? Non, Frédéric, j'opine
     » Que nous devons tous vous accompagner ,
     » Vous ne pouvez vous-même qu'y gagner ,
     » Laissant à part toutefois l'avantage
» Que nous aurons à faire avec vous ce voyage.
» Clotilde , il est trop vrai , vous boudait en partant.
      » En pouvait-il être autrement ?
» Si vous arrivez seul , je la vois sérieuse ,
     » L'air froid , l'humeur encor boudeuse.
    » Que ferez-vous ? Quelque beau compliment ?
    » Il lui faudrait un bien autre argument.
» Avec dedain , au moins avec indifférence ,
» Elle vous entendra ; tout bas secrétement
» Vous pesterez , ferez bien triste contenance.
» Le moyen le plus sûr d'obvier à cela ,
    » C'est d'arriver en grande compagnie ;
    » En nous voyant, elle s'empressera
    » De se montrer obligeante et polie ;
      » Un air affable elle prendra ,
      » D'oreille fine elle entendra ,
      » Souriant avec modestie ,
    » Les complimens flatteurs qu'on lui fera ;
» Nous saurons l'égayer par joyeuse saillie ,
     » Et son front se déridera.
    » Vous vous mettrez aussi de la partie ,
     » Renchérirez encor sur nous ;
» Sous le voile léger d'agréable folie ,

» Lui glisserez tout bas propos tendres et doux ;
　　　　» Qui là , lui fassent bien comprendre ,
» Que prêt à réparer tous les torts d'un époux ,
　　　　» Elle n'aura rien perdu pour attendre.
» Pour qu'elle veuille enfin se rapprocher de vous ,
　　　　» Frédéric , songez-y , c'est un grand pas à faire.
» S'il manque, alors recours aux secrets du bon Père.
　　　　» Essayons : femme quelquefois
» A formé le projet de grande résistance ;
　　　　» Mais du plaisir qu'elle entende la voix ;
» C'en est fait, elle cède à la première instance.

　　Du vieux parent la voix à réuni ,
　　Sans balancer , l'unanime suffrage.
　　Oui , Frédéric, nous partirons aussi.
Qu'on mette les chevaux de suite à l'équipage ,
Disent tous les parens ; partons dans le moment.
Frédéric y souscrit avec reconnaissance.
On part, le cœur flatté de la douce espérance
　　De concourir au raccommodement.

On arrive au château, postillons en avant.
　　Grande surprise ! On n'attendait personne.
　　Si matin... A cette heure-ci !
Une voiture, et sans qu'on en soit averti...
　　Têtes en l'air , on regarde , on raisonne ;
　　Pour tâcher de deviner qui ,
Chacun s'échauffe la cervelle.
— C'est Frédéric ! — Non , non ; depuis qu'il est parti ,
　　On n'en a ni vent ni nouvelle.
— Mais... C'est lui... Le voilà ! Tant de monde avec lui !
　　Chacun glosait de la sorte , à mesure

Que l'on voyait avancer la voiture.
Debout sur le Perron , l'air sombre et sérieux ;
    Clotilde attend que la Portière s'ouvre ;
Sur celui qui descend , elle jette les yeux
Inquiète et pensive. Enfin , elle découvre
      Et Frédéric et ses proches parens
        Qu'elle connaît depuis long-temps.
Elle sourit alors et son front se déride.
Frédéric se présente , et d'une main timide,
    Lui prend la main , demande à l'embrasser.
    Avec froideur, mais sans le repousser ,
    D'un air distrait , elle se laisse faire ,
    Et puis s'esquive brusquement
      Pour s'en aller vite au-devant
Du vieux parent surtout , qui , septuagénaire ;
D'un pas quoiqu'empressé , s'avançait lentement ;
Il avait su gagner toute sa confiance ;
Elle le respectait et l'aimait tendrement ,
      Comme ancienne connaissance
      Qui remontait à son enfance.
      Il l'amusait par sa gaîté
      Toujours franche , toujours aimable.
    Vieillard d'ailleurs bon , complaisant , affable ,
    Avec certaine originalité
      Qui rendait sa société
      Aussi piquante qu'agréable.

Enfin , tous les parens sont montés au perron.
Clotilde les conduit elle-même au salon ,
    En les comblant d'honneurs, de politesse,
    Mais prévenant toujours par sa vitesse,
Les pas de Frédéric et sans le regarder ,

C'était avoir toujours l'air de bouder.

Cette froideur et cette indifférence,

Aux regards des parens ne pouvait échapper ;

Un étranger n'aurait pu s'y tromper.

Les yeux baissés, ils gardaient le silence ;

Clotilde le remarque. Alors avec gaîté :

» Messieurs, dit-elle, en vérité,

» C'est d'une pauvre veuve avoir bien mérité,

» De vous être entendus pour ce projet aimable.

Vous concerter, vous réunir,

A l'improviste ainsi venir ;

Vous ne pouviez me faire un tour plus agréable ;

Et c'est aussi sans doute à vous

Que je dois le retour de mon fidèle époux.

D'un si tendre intérêt, de tant de bienveillance,

Croyez que je sens tout le prix,

Et que mon cœur, de son bonheur surpris,

En gardera toujours de la reconnaissance.

Pour Frédéric, quel embarras

D'entendre ce piquant langage ;

Mais il pouvait en craindre davantage :

Le vieux parent avait prévu le cas,

Lorsqu'en partant, il lui dit de s'attendre,

Que foudroyant serait le premier feu.

Bien content fut, d'après ce qu'il venait d'entendre,

De l'en voir quitte pour si peu.

Du propos de Clotilde il ne voulut comprendre

Que ce qu'il avait d'obligeant ;

S'égayant sur le reste en fines railleries,

Il adoucit par joyeuses saillies,

Ce que pour Frédéric il avait d'affligeant.

Enfin, dans tout ce qu'il lui plut de dire,
 Il le fit d'un ton si plaisant,
Qu'il obligea Clotilde elle-même d'en rire.
Il croyait que c'était à prompt rapprochement,
 Le plus sûr acheminement ;
Et Clotilde, en effet, eut l'air de ce moment,
D'être pour Frédéric plus douce et plus traitable.
 Moins sérieuse et plus affable,
 Toujours elle lui répondait,
 Quand parfois il se hasardait
 A l'éprouver par un mot agréable.
Mais facile il était de lire en son regard,
 Que ce n'était qu'adresse de sa part,
 Pour ses parens de pure complaisance ;
 Et seulement pour sauver l'apparence.

Cependant Frédéric reprenait de l'espoir ;
 Mais il voyait une épreuve plus rude,
 Qu'aisément on peut concevoir ;
Il n'y pouvait songer qu'avec inquiétude.
 Certes, c'était beaucoup pour lui d'avoir,
 Par le secours merveilleux du saint homme,
Reconquis son Anneau sur ce cruel fantôme,
Et d'avoir de satan terrassé le pouvoir.
Visite dans son lit, pour lui n'est plus à craindre
Mais Clotilde... Elle croit avoir bonnes raisons
 De se fâcher et de se plaindre.
 Comment dissiper ses soupçons
 Et la guérir de ses préventions ?
Elle ignore toujours de ce spectre invisible
Les nocturnes assauts, la force irrésistible,
Sa rage furieuse et son acharnement,

A rendre en ses transports son amour impuissant.
  Peut-elle croire que ses charmes ,
  Deux fois trompée en son espoir ,
Plus heureuse en ce jour , auront plus de pouvoir ;
Que l'Amour dans ses bras retrouvera ses armes ?
A craindre il est pour lui qu'un souvenir d'humeur ,
De prime abord , brusquement ne s'annonce ;
  Que repoussé d'un air moqueur ,
A ses transports d'amour , ce ne soit la réponse.

  De Frédéric l'esprit flottait ainsi
   Entre la crainte et l'espérance.
  De la gaîté s'il prenait l'apparence ,
   Son air distrait montrait aussi
  Un cœur rongé par un secret souci.

Quoique le vieux parent , par nouvelle saillie ,
S'occupât d'égayer toujours la compagnie ;
Ses yeux sur les époux fixés de temps en temps ,
De leur cœur combattu suivait les mouvemens.
  Il commençait à concevoir la crainte ,
   Que de Clotilde la gaîté ,
   Ne fût , dans la réalité ,
   Qu'adroite ruse et gaîté feinte ;
  Il lui trouvait certain air de contrainte
   Et quelque chose d'affecté.
Il propose aussitôt un tour de promenade ,
   Dans l'intention de chercher
Quelque moment heureux qui pût les rapprocher.

  Subitement prise d'une boutade ,
Clotilde s'en défend , et dit , qu'un peu malade ;
  Elle ne peut que l'engager

'A prendre ce plaisir avec la compagnie ,
Ajoutant qu'elle éprouve une peine infinie
   De ne pouvoir le partager.

Elle s'excuse encor sur l'heure qui s'avance ;
Qu'on ne tardera pas à servir le dîner ,
   Et que dans cette circonstance
   Elle a des ordres à donner.
   Au même instant elle s'esquive ;
   D'une marche légère et vive ,
   Jetant un regard de dédain
Sur Frédéric qui lui tendait la main ;
   La provoquait par un sourire ;
   Resté muet d'étonnement ,
   Il n'osa pas la contredire.

  Sans s'expliquer , rêvait le vieux parent ;
   Il comprit que cette aventure ,
Déconcertant ses projets et son plan ,
   Etait de fort mauvais augure ;
Qu'il ne pourrait manier aisément
   Un caractère aussi mobile ,
   Et qu'il lui serait difficile
D'arriver à son but , leur raccommodement.
   Il avait cru jusqu'à présent ,
Tout réfléchi , qu'il était inutile
   De lui parler du revenant,
   De l'effrayer en lui contant
Les méchans tours de ce fantôme horrible,
   La persécution terrible
Dont Frédéric avait été l'objet ;
Enfin , comment il s'en était défait.
Il avait craint que cette affreuse histoire ,

Toujours présente à sa mémoire,
En excitant sa prompte émotion,
Ne fit sur son esprit trop forte impression;
Il savait bien que femme et crédule et légère,
Saisit toujours avidemment
Toute histoire de revenant,
Et de la peur ne guérit guère.
Dans autre circonstance, oui, c'eût été fort bien;
Mais en ce cas c'est un dernier moyen,
Une ressource unique, indispensable.
En effet, si Clotilde est enfin raisonnable,
D'après le fait, de preuves appuyé,
Frédéric, clairement en tout irréprochable,
Doit à ses yeux être justifié.

Le vieux parent s'arrête à cette idée;
C'est une affaire décidée;
Il ne faut plus que chercher le moment.
Il croit que plus commodément
Il peut la prendre à part l'après-dînée,
Et lui parler secrètement.
D'après cet éclaircissement
Il ne peut croire à la voir obstinée,
S'opposer plus long-temps à tout rapprochement.

Pendant qu'il réfléchit, toute la compagnie
Pour la promenade est partie,
Et déjà loin elle a pris le devant.
Pour la rejoindre il sort avec empressement;
Mais que voit-il en arrivant?
Frédéric seul, qui pleure et se désole:
Il le rassure et le console,

Lui dit que tout n'est pas désespéré,
Et qu'il vient de trouver un moyen assuré
De vaincre de Clotilde, enfin la résistance ;
Qu'il se confie à sa prudence.

Pendant une heure à peine on s'était promené,
Que la cloche avertit que la table est servie.
On s'empresse, on arrive à ce signal donné,
La gaîté, l'appétit aussi de compagnie.
On admire, on est étonné
De la somptueuse abondance
Qu'étale aux yeux ce dîner non prévu.
A tant de luxe et de magnificence
On ne s'était pas attendu.
Cependant, si Clotilde en ce jour a voulu
Briller par semblable dépense,
Ce n'est pas pour fêter le retour d'un époux
Qu'elle ne voit qu'avec courroux,
Elle n'a pris conseil que de son dépit même,
Et c'est pour se venger un nouveau stratagême.
Son but en se donnant tant de peine et de soins,
Est de se procurer la douce jouissance
D'accabler Frédéric de son indifférence,
D'en rendre avec éclat tous ses parens témoins.
Ce ne fut pas encore assez pour sa vengeance :
Elle sut mettre en ses atours
Tant de recherche et si fine élégance,
Qu'elle aurait effacé la mère des amours.
De sa beauté, telle fut la puissance,
Elle fit sur les cœurs si vive impression,
Que frappé d'admiration,
Chacun de l'exprimer ne pouvait se défendre.

Frédéric la fixait d'un air timide et tendre ;
 Brûlant d'amour en voyant tant d'attraits.
Mais elle n'y répond qu'en lui faisant entendre
Par un souris moqueur, qu'il n'a pas dû s'attendre
 Que pour lui plaire elle en eût fait les frais.
Le moment du dîner fut encore pour elle
De captiver les cœurs occasion nouvelle.
Ce fut en cet instant qu'elle sut épuiser
  Tout l'art et la coquetterie
  Dont femme habile peut user.
  Elle enchanta la compagnie
  Par son esprit et sa gaîté,
  Et par la manière agréable,
  La grace et l'amabilité
 Dont elle fit les honneurs de la table.
Sans cesse promenant ses yeux de tout côté,
 Par sa prévenance attentive,
Elle sollicitait, pressait chaque convive,
Et pour les satisfaire, étudiait leurs goûts.
  Mais pour son malheureux époux,
Simples égards et froide politesse
Qui, le frappant au cœur, plus vivement le bless

Ce dîner, le plaisir l'avait su prolonger.
 Clotilde voit qu'il le faut abréger.
Elle donne un coup-d'œil et se lève de table,
Et prenant aussitôt du vieux parent la main,
Elle propose avec son enjouement aimable
  Une promenade au jardin.

  C'était le moment favorable
  Qu'il attendait. En l'amusant

De propos tour-à-tour et flatteur et plaisant ;
    Il la mène insensiblement
Vers un berceau dont l'ombre solitaire
    Sous son feuillage épais offrait
Un asile où le voile du mystère
Pouvait cacher un entretien secret.
    En lui contant maintes fleurettes
    Et joyeuses historiettes ,
Il avait égayé la conversation.
Mais il faut aborder la grave question
    Du revenant et de sa suite.
Il sent combien elle est délicate et critique.
    Si finement il voudrait y toucher ,
Qu'aucun mot indiscret ne pût l'effaroucher.
Sur ce qu'il va lui dire , il balance , il hésite.
    De Frédéric prononce-t-il le nom ?
    Elle feint de ne pas l'entendre ,
Tourne la tête avec distraction ,
Et fait un pas en avant , sans l'attendre.
    De nouveau veut-il insister ,
Parvenir doucement à se faire écouter ?
    Elle aussitôt , pour s'en défendre ,
En souriant , esquive le sujet ,
Et sans répondre entame un autre objet.
Embarrassé de ce qu'il devait faire ,
    Bien clairement il reconnut
    Que jamais de cette manière
    Il ne parviendrait à son but.
Pour tous les deux le moment est pénible.
Pour femme qui se voit déçue en ses amours ,
Il est certains aveux qui lui coûtent toujours ;
    Et la sonder dans cet endroit sensible ,

Tenter de faire échapper son secret ;
Souvent l'essaie en vain l'homme le plus discret.
  Et cependant point d'espérance
  Pour Frédéric, de se justifier
De ce que son épouse a pu croire une offense,
  Et de la lui faire oublier,
  S'il ne peut, au fait qui l'accuse,
  Opposer le fait qui l'excuse.

Le bonheur des époux, leurs plus chers intérêts,
  Sollicitaient le parent de trop près,
  Pour renoncer à l'avantage
  De rétablir la paix dans leur ménage
Par le moyen qui seul en promet le succès.
Il ne veut pas laisser imparfait son ouvrage
Avant de les quitter. Il s'arme de courage.
« Clotilde, lui dit-il, d'un ton plein de douceur,
» J'éprouve le besoin de vous ouvrir mon cœur.
» En formant le projet de venir vous surprendre,
  » Nous n'avons pu que nous attendre
» A recevoir de vous l'accueil le plus flatteur.
» Vous avez surpassé même notre espérance,
  » Avec plaisir j'ose vous l'avouer.
   » Oui, nous n'avons qu'à nous louer.
   » De votre extrême bienveillance.
   » Mais, je le dis à regret,
  » Notre bonheur n'a pas été complet.
» Pendant tout le dîner, du ton le plus affable,
  » Vous avez fait les honneurs de la table.
» Toujours de la gaîté, toujours propos aimable,
» Mais qui toujours aussi ne s'adressait qu'à nous.
» Pas un mot agréable ou tendre à votre époux,

» Triste, accablé de votre indifférence.

» Nous en étions témoins, vous lui perciez le cœur.

» Pourquoi le traitez-vous avec tant de rigueur ?

    » Souffrez, Clotilde, avec quelqu'indulgence,

» Ce reproche adressé par la tendre amitié,

» En faveur d'un époux trop digne de pitié. »

    Clotilde, à ce discours sévère,

Rougit, répond avec cette gaîté légère

    Qu'elle savait à propos affecter,

        Que de sa tendresse sincère

        Son cher époux ne peut douter ;

        Qu'à tort il aurait pu se plaindre ;

        Qu'elle a reçu de son amour

        Tant de preuves jusqu'à ce jour,

Que jamais il n'aura d'occasion de craindre

De n'être pas payé du plus juste retour.

    — « Je sais où tend cette amère ironie,

» Dont vous enveloppez des reproches sanglans.

» Sans doute, Frédéric a des torts apparens ;

» Mais, de grâce, écoutez ce qui les justifie.

    Du bon parent ainsi la voix touchante

    La préparait à l'histoire effrayante

Dont il va révéler l'affreuse vérité,

    En ménageant sa sensibilité.

Il s'applaudit bientôt de sa haute prudence,

    Quand, toute étonnée, il la vit

    Prêter d'abord l'oreille à son récit,

    » En observant le plus profond silence.

    Il crut même l'apercevoir

    De tout son corps frissonner, s'émouvoir,

Surtout dans ces momens terribles ;
Où le fantôme et ses mains invisibles
Assiégeaient Frédéric réduit au désespoir.
Il croit de ce moment sa victoire assurée :
« Par ces faits évidens Clotilde est éclairée ;
» Ils sont justifiés, les torts de son époux.
» Elle va déposer sa haine et son courroux.
    » Pour Frédéric quelle nouvelle heureuse !
» Peut-être va-t-il voir sa femme à ses genoux
» Implorer aujourd'hui sa pitié généreuse,
    » Et le conjurer d'oublier
» Les chagrins qu'elle vient de lui faire essuyer,
    » De son erreur victime malheureuse.
      » Avec quel vif empressement
» Les époux, se dit-il, l'un l'autre en m'embrassant,
    » Vont m'assurer de leur reconnaissance
    » Pour tous les soins, le zèle et la prudence
» Que j'ai su déployer dans cette circonstance,
» Et qui doit à jamais assurer leur bonheur.
    Se complaisant dans cette confiance,
      Et dans cette douce espérance,
    Sa voix n'a plus l'accent de la douleur.
    Elle s'élève et prend plus de chaleur.
    Pour terminer cette histoire effroyable,
      Il peint de plus vive couleur
    De Frédéric le courage indomptable,
      Dans le combat épouvantable
    Dont il sortit glorieux et vainqueur.

      Qu'il fut trompé dans son attente,
      Le bon et confiant parent !
    Il avait pris pour signe d'épouvante

Ce

Ce mouvement subit d'étonnement
　　Dont avec peine on se défend,
　Quand on nous fait un conte extravagant,
　　　Et qu'à son seul récit, on pense
　　　Que ce conte est fait à plaisir,
　Et tel que ceux dont on berce l'enfance
　　　Pour l'amuser ou l'endormir.
Sa surprise serait difficile à décrire,
　　Lorsqu'aussitôt qu'il eut fini,
Au lieu de lui montrer un esprit converti
　　　Par tout ce qu'il vient de lui dire,
Clotilde, il vit partir d'un grand éclat de rire.

　　Déconcerté, dans l'embarras :
» Ah! Clotilde, dit-il, je ne vous conçois pas!
» Comment pouvez-vous être à ce point insensible ?
　　» Qu'ont donc de plaisant, de risible,
» Les dangers d'un époux dans ces affreux combats ?
　　» Pourriez-vous croire, en cette circonstance,
　　» Qu'un ami cherche à vous en imposer ?
» Que moi, toujours jaloux de votre confiance,
　　» En ce moment je veuille en abuser ?
　　» Me feriez-vous une aussi grave injure ? »
Clotilde, à ce propos, éclate encor plus fort.
« Eh! non, mon cher parent, dit-elle; je vous jure
» Que je crois fermement cette étrange aventure.
» Elle m'a fait grand'peur ; mais ce qui me rassure,
» C'est que mon cher époux au moins n'en est pas mort.
　　» Soyez tranquille, au reste, sur son sort.
　　　» Après une épreuve si rude,
　　　» Ne lui montrer qu'ingratitude,
» Ce serait de ma part, certes, le plus grand tort :

　　　　　　　　　　　5

» Je me garderai bien de m'en rendre coupable.
» Je ferai tout pour vous être agréable :
» Il ne tardera pas à s'en apercevoir ;
   » Il en aura la preuve dès ce soir. »

Trop claire était cette plaisanterie.
Le vieux parent allait lui répliquer ,
   Et la forcer de s'expliquer ;
   Mais arriva la compagnie
   Mal-à-propos. Il fallut bien
Briser de court à ce long entretien.

— On s'oublie aisément sous cet épais feuillage ;
   Ce nous semble , mon cher parent ,
   Disent d'abord en plaisantant
   Tous les compagnons de voyage.
De notre part peut-être est-ce une indiscrétion
De venir brusquement et sans permission
   Troubler un si doux tête-à-tête.
Mais il est tard , et la voiture est prête.
   D'ailleurs, comment oublierions-nous
   Que le retour d'un jeune époux
N'est pas fêté seulement à la table ?
   Cher Frédéric , qu'en pensez-vous ?
   On sourit à cette saillie.
Clotilde avec gaîté prit la plaisanterie.
   Mais Frédéric resta tout interdit ,
   Peu confiant dans ce qu'on lui prédit.

Pour le départ enfin l'on se prépare.
La nuit approche , il faut qu'on se sépare.
Tous les parens , d'un air respectueux ,
S'avancent vers Clotilde et lui font leurs adieux.

Pour Frédéric, qui voit avec tristesse
La solitude où ce départ le laisse,
Chacun l'embrasse, et fait des vœux pour son bonheur.
Mais on lit dans ses yeux ses regrets, sa douleur.

Le vieux parent, d'un pied montait dans la voiture;
Il s'arrête, et revient brusquement sur ses pas,
S'approche de Clotilde, et lui parlant tout bas :
« Promettez-moi toujours que vous n'oublierez pas
» Du pauvre Frédéric la funeste aventure.
  — Ah ! l'oublier ! non, non, je vous l'assure,
  Répond Clotilde, en riant aux éclats.
   Comptez que ma mémoire est sûre,
Répète-t-elle encor d'un air malicieux.

On est enfin parti. Clotilde suit des yeux,
Jusqu'au lointain côteau, le roulant équipage.
  Il disparaît ; bon soir et bon voyage.

Frédéric, resté seul, assez embarrassé,
  De sa personne et de sa contenance,
   Immobile et le front baissé,
Se tenait à l'écart et gardait le silence.
Clotilde, avec un air riant et gracieux,
Soudain l'aborde : « Après une si longue absence,
» Lui dit-elle, du ton le plus affectueux,
» Sans doute il vous est doux, tout au moins je le pense,
» De nous revoir enfin réunis tous les deux ;
» Et j'en juge d'ailleurs par le plaisir extrême
» Que ce moment me fait éprouver à moi-même.
  » Oui, j'en rends grace à mon heureux destin.
   » Mais pour parler plus à notre aise,
  » Le temps est beau, retournons au jardin. »

Frédéric, transporté, lui prend la main, la baise ;
    Mais étonné de ce retour soudain ,
Il semble encor douter de ce qu'il vient d'entendre.
Ce changement subit , il ne peut le comprendre.
Après tant de froideur , pendant tout le repas ,
Ce langage devait, en effet , le surprendre.
Ce n'est encor pour lui que le moindre embarras.
Clotilde lui prépare une bien autre fête,
Et dont elle a le plan tout formé dans sa tête ,
    Mais dont il faut qu'il ne se doute pas.

    Pour endormir sa défiance ,
    Elle redouble encor de prévenance ;
    Ne lui parle de son absence ,
Que pour l'attribuer au soin de sa santé ;
Ajoute que son cœur aurait été flatté
    Qu'il l'eût mise en sa confidence,
Lui demande comment en route il s'est porté ;
Lui dit qu'il a dû faire un voyage agréable,
Et s'amuser beaucoup dans la société
De parens d'une humeur joyeuse autant qu'aimable ;
Qu'elle en a pu juger en ce jour à sa table
    Par de charmans échantillons.

    En l'accablant ainsi de questions ,
    Elle voulait , par méchanceté pure,
    Lui mettre encor l'esprit à la torture ;
Aussi , ne répond-il à ces malins propos,
    Qu'en balbutiant quelques mots,
Pour tâcher d'échapper , par adroit subterfuge ;
    En cas pareil son unique refuge,
    A tout récit direct et sérieux.

Il ne sait pas , qu'entraîné par son zèle ,
Le bon parent a fait un récit trop fidèle
 De ce qu'il croit encor mystérieux ;
 Qu'en ce moment , follement il s'abuse ;
Que de tout ce qu'il dit , Clotilde rit tout bas ;
  En elle-même s'en amuse ,
  Comme femme qui n'y croit pas.
Que ne voit-il les traits de son visage
S'épanouir , son teint s'éclaircir davantage ,
  Lorsque , pour sortir d'embarras ,
  Et lui faire prendre le change ,
Il divague , et lui fait quelque réponse étrange ,
  Et sans suit et sans liaison ,
Comme homme menacé de perdre la raison ?
Pour Clotilde c'était bien douce jouissance ,
Mais loin de satisfaire encore sa vengeance.

Cependant du serein déjà se fait sentir ,
 Sous les berceaux , la piquante froidure ;
Et le pas imprimé sur l'humide verdure ,
avertit que d'un rhume il faut se garantir.
Rentrons , il en est temps , cher Frédéric , dit-elle ;
Dans votre état on doit ménager sa santé ,
Prévenir le retour d'une crise nouvelle.
  En lui parlant avec cette bonté
   Si touchante et si naturelle ,
Tout doute elle éloignait sur sa sincérité.

  Qu'il est puissant le merveilleux empire ,
 Que sur le cœur de l'homme exerce la beauté !
Par cet air de candeur et d'ingénuité ,
L'aveugle Frédéric s'était laissé séduire.

Cette dédaigneuse froideur ;
A l'humilier toujours prompte ;
Dont , devant ses parens, il a subi la honte ,
N'a pas laissé de traces dans son cœur.
Il ne voit plus qu'une épouse adorable ,
Sans fiel et sans ressentiment ,
Qui , bien qu'il fut irréprochable ,
Ayant le droit de le croire coupable ,
Lui pardonnait l'affront le plus sanglant ;
D'un cœur aussi bon qu'indulgent.

Rentrés dans le château , toujours avec adresse ,
Clotilde l'entretint dans ses illusions ,
Ajoute encore à ses attentions ,
Et par de doux propos le flatte et le caresse.

Après avoir ainsi de ses projets,
Partout cet artifice assuré le succès ,
A Frédéric qu'elle voit dans l'ivresse ,
Elle sourit avec finesse ,
Lui dit , d'un ton bien tendre et qu'elle affecte exprès :
» Je crois, mon cher époux ; être entrée en vos vues,
» En ne vous faisant pas préparer de souper ;
» Sans doute c'eût été pour moi peines perdues ,
» Après un long dîner , que de m'en occuper.
» La fatigue du jour , un pénible voyage ,
» En ce moment vous fait désirer le repos.
» L'heure agréablement s'écoule en doux propos ,
» Mais, complaisance à part, Morphée et ses pavots ,
» Convenez-en , vous plairont davantage,
» Vous souriez , petit méchant !
Que j'entends bien votre langage!

A l'instant même elle marche en avant,
Et Frédéric la suit dans son appartement.

Il était dans l'enchantement .
Et se disait dans sa joie : ah ! bon père,
» Bien suis reconnaissant de votre scapulaire
» Mais de son service , à présent ,
» Je pourrai me passer, j'espère.
Et cependant il crut prudent
De s'en couvrir à tout évènement ;
Mais en secret, et de manière
Qu'il ne se fit voir nullement.
Qu'il eut à s'applaudir de cette prévoyance !
Plus utile jamais ne lui fut la prudence.

On a vu qu'au récit fait par le vieux parent ,
De l'histoire du revenant,
Dont il parlait en conscience,
Clotilde se pâmait de rire en l'écoutant ,
Loin d'y donner quelque croyance;
Elle la regardait comme un conte inventé
Par Frédéric et lui, tous deux d'intelligence ,
Pour abuser de sa crédulité.
Elle voulut s'en faire un moyen de vengeance,
Projet bientôt exécuté !

Frédéric aussitôt qu'elle se fut couchée ,
Confiant, s'abandonne à ses brûlans transports.
Elle l'attend , résiste à ses efforts ,
Et de ses bras, à l'instant arrachée :
Que me veux-tu ? N'approche pas de moi ;
Lui dit-elle en courroux ; monstre , retire-toi.

Quoi ! Tu reviens encore, audacieux fantôme;
 Après avoir éprouvé du saint homme,
 Un châtiment digne de tes forfaits!
Qui donc te donne encor la hardiesse
De troubler mes plaisirs, insolente diablesse;
 De son courroux, sans craindre les effets?
  Fuis loin de moi, démon femelle;
Je t'abhorre et te voue une haine éternelle;
Elle dit, le repousse, et lui tourne le dos.

Frédéric est frappé, foudroyé par ces mots.
  Il réfléchit : de mon histoire
   » Elle est instruite évidemment.
   » Imprudence du bon parent !
   » Elle s'en moque au lieu d'y croire;
   » Mais de sa part, en ce moment,
 » Serait-ce un tour perfide, ou simple amusement?
 » Fausse à ce point ! Avec si noire perfidie,
   » Elle aurait cette trame ourdie;
 » D'une tendresse feinte abusé mon amour;
  » Pour le payer d'un si cruel retour!
 » Non : de tant de noirceur, elle n'est point capable;
 » Ce serait de ma part un tort impardonnable
 » Que de l'en soupçonner; oui, je vois clairement,
  » Quelle a voulu qu'une malice aimable
   » Egayât l'instant agréable
   » De notre raccommodement.
   » Même tout bas je crois l'entendre
 » Rire sur son chevet, gardons-nous bien de prendre
   » La chose sérieusement.
  » Eh ! bien, dit-il, Clotilde la rieuse,
   » C'est donc ainsi que d'un époux

» Vous vous'jouez ! Allons malicieuse ;
» Sans vous faire prier , vite, retournez-vous.
Puis il s'avance , et d'une main flatteuse ;
Il la provoque doucement.

Se retournant aussitôt brusquement ,
Avec fureur sa main elle repousse ,
Et par une forte secousse ,
L'écarte impitoyablement.

— Perfide époux , votre main téméraire ;
» Me respecte assez peu , pour oser me toucher !
» Encore une fois , et j'espère
» Que ce sera sans doute la dernière ,
» Je vous défends de jamais m'approcher.

En prononçant ces mots d'un ton ferme et sévère ;
Que suit un geste menaçant ;
Elle lui lance un coup d'œil foudroyant ,
Qui sut lui faire enfin comprendre ,
Que cet air de douceur qu'elle avait affecté
Jusqu'à présent , n'avait été
Que perfidie et fausseté ,
Qu'un piége, pour mieux le surprendre ;
Que tout l'espoir dont il s'était flatté
Etait évanoui ; qu'il n'en devait attendre
Qu'une haine que rien ne pourrait appaiser.

Alors il s'écria dans sa douleur amère :
» Vous me l'aviez bien prédit , ô bon père !
» Et cependant j'ai pu me laisser abuser
» Par les dehors trompeurs d'une fausse tendresse !

» Comblé de vos bienfaits , puis-je encore en user ?

    » Aveugle autant qu'ingrat dans ma faiblesse ,

        » Vous m'avez vu les mépriser.

» D'un esprit égaré pardonnez l'imprudence.

» Souffrez que je réclame encor votre assistance ;

        » Je l'invoque avec confiance ,

        » Pourriez-vous me la refuser ?

Il s'avance aussitôt , et d'une main légère ,

Il montre à découvert le divin scapulaire.

A peine de Clotilde il eut frappé les yeux ,

Moins rapide est l'effet d'une vive lumière.

Un changement subit dans tous ses traits s'opère

Son visage n'a plus de traces de colère.

Elle sourit d'un air et tendre et gracieux.

Immobile un moment de joie et de surprise ,

Bientôt elle se lève , et sur le lit assise ,

Les deux mains en avant , le regard curieux ,

        Dans son transport elle s'écrie :

    » O ! le charmant, le merveilleux bijoux

» Que vous avez là , mon aimable époux !

        » D'où le tenez-vous, je vous prie ?

      » Il m'éblouit. Quelle est donc sa vertu ?

        » D'où me vient ce trouble inconnu

        » Que me fait éprouver sa vue ?

      » Le cœur me bat, je me sens toute émue.

» Que de près je le voie ; approchez -vous de moi.

» Vous ne me l'aviez pas encor montré. Pourquoi

    » M'en avoir fait si long-temps un mystère ?

De dire n'est besoin qu'après si doux propos ,

Frédéric, alerte et dispos ;
Fut à l'instant preste à la satisfaire.
Si dans sa joie et son ravissement
Il réussit complètement
A lui prouver son innocence
Par maints solides arguments,
Autrement vifs, insinuants,
Que les discours et toute l'éloquence
u vieux parent, on doit en avoir l'assurance ;
Bien que l'historien, de mon récit garant,
Ait sur ce point glissé légèrement.
A mon avis, louable est sa prudence.
Cependant, pour ôter toute crainte au lecteur,
Que Frédéric n'ait par la suite
Du diable encor reçu quelque visite,
Ou d'une épouse éprouvé la rigueur ;
Il affirme, toujours véridique et sincère,
Que Clotilde trouva si douce la manière
Dont s'y prit Frédéric pour faire enfin sa paix ;
Qu'il fut dispensé désormais
D'avoir recours au scapulaire.

———————————

Le sujet de ce Conte se trouve dans un traité de Korn-
man, jurisconsulte allemand, intitulé : *De Annulo Spon-*
salitio, où on lit le passage suivant :

Narrat, ex Vincentio Bellovacensi, D. Antoninus,
Romæ temporibus Henrici III imperatoris, fuisse
juvenem quemdam locupletem, et nobilem, qui recens
uxorem duxerat, et sodales suos opiparo convivio
nuptiali exceperat. Exivére in campum à prandio,

*lusuri pilâ. Sponsus, Ludi Dux, pilam posuit ; et
ne excederet annulus sponsalitius, inserit eum digito
statuæ Veneris æreæ, quæ in proximo erat. Omnes
unum petebant, sic citò defatigatus ipse, à Ludo
secessit, et ad statuam rediit, annulum recepturus.
Ecce videt digitum statuæ usque ad volam manûs
recurvatum et quantùmvis conatus annulum recupe-
rare, nec digitum inflectere, nec annulum valuit ex-
trahere. Redit ad sodales, nec illis eâ de re quic-
quam indicavit. Nocte intempestâ cum famulo ad
statuam revertitur, et extensum, ut initio, digitum
reperit, sed sine annulo. Jacturâ dissimulatâ, domum
se confert ad novam nuptam. Cùmque thorum genia-
lem ingressus, sponsæ se jungere vellet, sensit impe-
diri sese, et quoddam nebulosum ac densum, inter
suum conjugisque corpus, volutari. Sentiebat id
tactu, videre tamen nequibat. Hoc obstaculo ab am-
plexu prohibetur. Audiebat etiam vocem dicentem :
mecum concumbe, quia hodiè me desponsasti. Ego
sum Venus cui digito annulum inseruisti, nec red-
dam. Territus ille tanto prodigio (inquit Anton.) ni-
hil referre ausus est, vel potuit ; insomnem duxit noc-
tem illam, multùm secum deliberans. Sic factum est
per multum tempus, ut quâcumque horâ cum sponsâ
concumbere vellet, illud idem sentiret et videret ; erat
sanè aliàs valens et domi aptus et militiâ ; tandem
uxoris querelis commonitus, rem parentibus detulit.
Illi, habito concilio, Palumbo cuidam, presbytero
suburbano rem pandunt ; is autem erat necromanti-
cus et in maleficiis potens. Illectus ergò promissis
multis, compositam epistolam dedit juveni, dicens :
vade illâ horâ noctis ad compitum, ubi quatuor viæ con-*

veniunt, et stans, tacitè considera; transient ibi fi-guræ hominum utriusque sexûs, omnisque ætatis et conditionis, equites et pedites, quidam læti, quidam tristes; quicquid audieris, non loqueris. Sequitur il-lam turbam quidam staturâ procerior, formâ corpu-lentior, curru sedens; huic tacitus, epistolam trades legendam, statimque fiat quod postulas. Ille autem juvenis totum implevit, ut edoctus erat. Viditque in-ter cæteros ibi mulierem in habitu meretricio, mulum inequitantem, crine soluto per humeros jactato, vittâ aureâ superiùs constrictâ, auream virgam gerentem in manibus quâ mulum gerebat, præ tenuitate ves-tium penè nuda apparebat, gestus exequens impu-dicos. Ultimus Dominus turbæ terribiles in juvenem oculos exacuens, ab axe superbo, smaragdis et unio-nibus composito, causas viæ ab eo exquirebat; ni-hil ille contrà; sed protensâ manu epistolam ei por-rigit. Dæmon notum sigillum non audens contem-nere, legit scriptum, moxque, brachiis in cælum elevatis: Deus, inquit, omnipotens, quandiù patie-ris nequitias Palumbi Præsbyteri? nec mora, satel-lites suos à latere mittit, qui annulum extorquerent à Venere; illa, multùm tergiversata, vix tandem reddidit. Ità juvenis, voti sui compos, potitus est diù suspiratis amoribus. Palumbus autem, ubi dæ-monis clamorem ad Deum audivit de se, intellexit sibi præsignari finem dierum; quò circa omnibus membris ultrà truncatis, miserabili pœnâ defunctus est, confessus coram populo Romano inaudita fla-gitia.

BIBLIOTHEQUE ROYALE

67

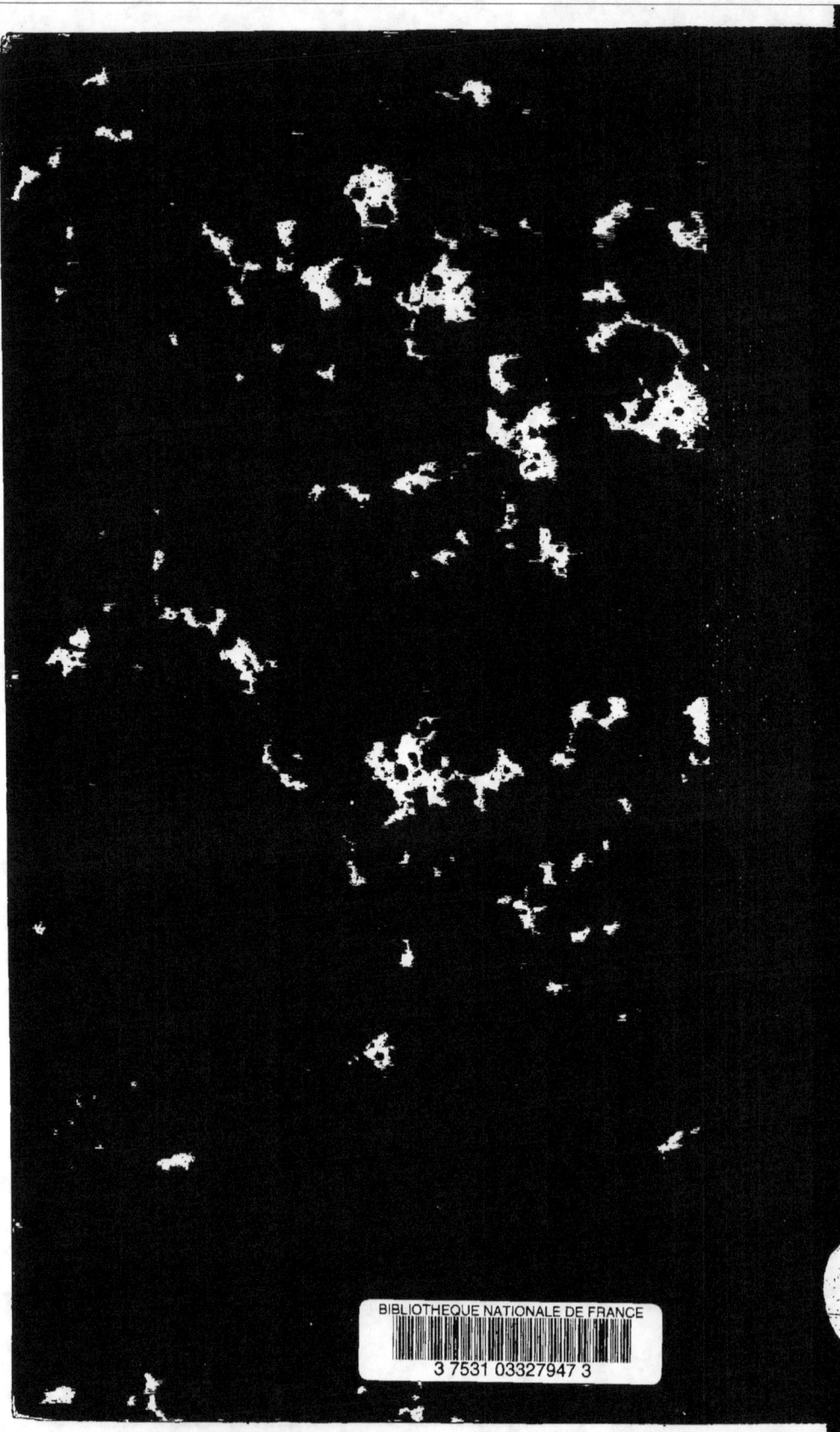

BIBLIOTHEQUE NATIONALE DE FRANCE

3 7531 03327947 3

www.ingramcontent.com/pod-product-compliance
Lightning Source LLC
Chambersburg PA
CBHW060454260626
47161CB00005B/2094